卞尺丹几乙し丹卞と
Translated Language Learning

Alice's Adventures in Wonderland

एलिस एडवेंचर्स इन वंडरलैंड

Lewis Carroll

लुईस कैरोल

English / हिंदी

Published by Tranzlaty
ISBN: 978-1-83566-739-2
Original text: Alice's Adventures in Wonderland
by Lewis Carroll (1865)
Abridged by Sam'l Gabriel Sons (1916)
www.tranzlaty.com

Down the Rabbit Hole
खरगोश छेद नीचे

Alice was beginning to get very tired

ऐलिस बहुत थकने लगी थी

she was sitting by her sister on the grass bank

वह घास के किनारे अपनी बहन के पास बैठी थी

but she had nothing to do

लेकिन उसके पास करने के लिए कुछ नहीं था

her sister was reading a book

उसकी बहन एक किताब पढ़ रही थी

once or twice Alice peeped into the book

एक या दो बार एलिस ने किताब में झांका

but the book had no pictures or conversations in it

लेकिन किताब में कोई चित्र या बातचीत नहीं थी

"what use is a book without pictures?," thought Alice

"चित्रों के बिना एक किताब का क्या उपयोग है?" एलिस ने सोचा

"why would a book have no conversations?"

"एक किताब में कोई बातचीत क्यों नहीं होगी?"

but she had other things to consider

लेकिन उसके पास विचार करने के लिए अन्य चीज़ें थीं

"making a chain of daisies would be a pleasure"

"डेज़ी की एक श्रृंखला बनाना एक खुशी होगी"

"but is it worth the effort of getting up and picking the daisies??"

"लेकिन क्या यह उठने और डेज़ी लेने के प्रयास के लायक है ??"

this was not so easy to think about

यह सोचना इतना आसान नहीं था

because the day was making her feel sleepy and stupid

क्योंकि दिन उसे नींद और बेवकूफ महसूस कर रहा था

but suddenly her thoughts were interrupted

लेकिन अचानक उसके विचारों को बाधित किया गया

a White Rabbit with pink eyes ran close by her

गुलाबी आँखों वाला एक सफेद खरगोश उसके पास से भागा

There was nothing overly remarkable about the rabbit
खरगोश के बारे में कुछ भी उल्लेखनीय नहीं था
and Alice did not think the rabbit remarkable either
और ऐलिस ने खरगोश को भी उल्लेखनीय नहीं माना
nor did it surprise her when the Rabbit spoke
न ही खरगोश के बोलने पर उसे आश्चर्य हुआ
"Oh dear! I shall be too late!" he said to himself
"ओह डियर! मुझे बहुत देर हो जाएगी!" उसने खुद से कहा
but then the Rabbit did something that rabbits didn't do
लेकिन फिर खरगोश ने कुछ ऐसा किया जो खरगोशों ने नहीं
किया
the Rabbit took a watch out of its waistcoat-pocket
खरगोश ने अपनी वास्कट की जेब से घड़ी निकाली
he looked at the time and then hurried on
उसने समय देखा और फिर जल्दी से आगे बढ़ गया
Alice got to her feet, in amazement
ऐलिस विस्मय में अपने पैरों पर खड़ी हो गई
she had never seen a rabbit with a waistcoat before!
उसने पहले कभी वास्कट वाला खरगोश नहीं देखा था!
nor had she ever seen a rabbit with a watch!
न ही उसने कभी घड़ी के साथ खरगोश देखा था!
Alice was burning with a new curiosity
एलिस एक नई जिज्ञासा के साथ जल रही थी
and she ran across the field after the Rabbit
और वह खरगोश के पीछे मैदान में भाग गई
she was just in time to see the rabbit disappear
वह खरगोश को गायब होते देखने के लिए समय पर थी
the rabbit hopped down into a large rabbit-hole
खरगोश एक बड़े खरगोश-छेद में कूद गया
In another moment, down went Alice after the rabbit!
एक और पल में, खरगोश के बाद ऐलिस नीचे चला गया!

The rabbit-hole went straight on like a tunnel

खरगोश-छेद एक सुरंग की तरह सीधे चला गया

and the tunnel kept going for some distance

और सुरंग कुछ दूर तक जाती रही

and then the path suddenly dipped down

और फिर रास्ता अचानक नीचे गिर गया

Alice had not a moment to think about stopping herself

एलिस के पास खुद को रोकने के बारे में सोचने के लिए एक पल भी नहीं था

she found herself falling down and down and down

उसने खुद को नीचे और नीचे और नीचे गिरते हुए पाया

it seemed as if she had fallen down a very deep well

ऐसा लग रहा था जैसे वह बहुत गहरे कुएं में गिर गई हो

Either the well was very deep, or she fell very slowly

या तो कुआं बहुत गहरा था, या वह बहुत धीरे-धीरे गिर रही थी

because she had plenty of time to fall

क्योंकि उसके पास गिरने के लिए बहुत समय था

as she was falling she could look all around her

जैसे ही वह गिर रही थी, वह अपने चारों ओर देख सकती थी

First, she tried to make out where she was going

सबसे पहले, उसने यह पता लगाने की कोशिश की कि वह कहाँ जा रही थी

but the well was too dark to see anything

लेकिन कुएं में इतना अंधेरा था कि कुछ भी देखने को नहीं मिल रहा था

then she looked at the sides of the well

फिर उसने कुएं के किनारों को देखा

and she noticed that there were cupboards all around her

और उसने देखा कि उसके चारों ओर अलमारी थी

and all around the well were book-shelves

और कुएं के चारों ओर किताबों-अलमारियां थीं
here and there she saw maps and pictures hung upon pegs
इधर-उधर उसने खूंटे पर टंगे नक्शे और तस्वीरें देखीं
She took down a jar from one of the shelves as she passed
उसने पास होते ही एक अलमारियों से एक जार नीचे निकाला
the jar was labelled for its content
जार को इसकी सामग्री के लिए लेबल किया गया था
"MARMALADE MADE FROM ORANGES"
"संतरे से बना मुरब्बा"
but, to her great disappointment, the marmalade jar was empty
लेकिन, उसकी बड़ी निराशा के लिए, मुरब्बा जार खाली था
she did not want to drop the empty marmalade jar
वह खाली मुरब्बा जार को गिराना नहीं चाहती थी
and her fall was very slow
और उसका गिरना बहुत धीमा था
so she managed to put the marmalade jar into one of the cupboards
इसलिए वह मुरब्बा जार को अलमारी में से एक में रखने में कामयाब रही
Down, down, down she fall!
नीचे, नीचे, नीचे वह गिरती है!
Would the fall ever come to an end?
क्या पतन कभी खत्म होगा?
There was nothing else to do
करने के लिए और कुछ नहीं था
so Alice soon began talking to herself
इसलिए एलिस ने जल्द ही खुद से बात करना शुरू कर दिया
"Dinah will miss me very much tonight, I should think!"
"दीना आज रात मुझे बहुत याद करेगी, मुझे सोचना चाहिए!"
Dinah was Alice's cat

दीना ऐलिस की बिल्ली थी
"I hope they'll remember her saucer of milk at tea-time"
"मुझे आशा है कि वे चाय के समय दूध की तश्तरी को याद करेंगे"
"Dinah, my dear, I wish you were down here with me!"
"दीना, मेरी जान, काश तुम यहाँ मेरे साथ होते!"
Alice felt that she was dozing off
एलिस को लगा कि वह ऊँघ रही है
and then suddenly, thump! thump!
और फिर अचानक, थंप! धमाका!
down she fell upon a heap of sticks
नीचे वह लाठी के ढेर पर गिर पड़ी
and she landed on a pile of dry leaves
और वह सूखे पत्तों के ढेर पर उतर गई
and finally the long fall down the hole was over
और अंत में छेद के नीचे लंबा पतन खत्म हो गया था
Alice was not a bit hurt
ऐलिस को थोड़ी चोट नहीं लगी थी
and she jumped up within a moment
और वह एक पल के भीतर कूद गया
She looked up, but it was all dark overhead
उसने ऊपर देखा, लेकिन यह सब अंधेरा था
in front of her was another long corridor
उसके सामने एक और लंबा गलियारा था
and the White Rabbit was still in sight
और सफेद खरगोश अभी भी दृष्टि में था
he was hurrying down the corridor
वह गलियारे से नीचे तेजी से उतर रहा था
There was not a moment to be lost
खोने के लिए एक पल भी नहीं था
off ran Alice like the wind

बंद हवा की तरह एलिस भाग गया
around the corner turned the rabbit
कोने के चारों ओर खरगोश बदल गया
she was just in time to hear the rabbit
वह खरगोश को सुनने के लिए समय में था
""Oh, my ears and whiskers"
""ओह, मेरे कान और मूंछें"
"how late it's getting!"
"कितनी देर हो रही है!"
She was close behind the rabbit
वह खरगोश के पीछे थी
she turned around another corner
वह दूसरे कोने में घूम गई
but the Rabbit was no longer to be seen
लेकिन खरगोश अब दिखाई नहीं दे रहा था
She found herself in a long, low hall
उसने खुद को एक लंबे, कम हॉल में पाया
the hall was lit up by a row of ceiling lamps
हॉल छत लैंप की एक पंक्ति से जलाया गया था
There were doors all around the hall
हॉल के चारों ओर दरवाजे थे
but all the doors were locked
लेकिन सभी दरवाजे बंद थे
she walked all the way down one side of the hall
वह हॉल के एक तरफ नीचे तक चली गई
and she had walked all the way up the other side of the hall
और वह हॉल के दूसरी तरफ तक चली गई थी
she had tried every door
उसने हर दरवाजे की कोशिश की थी
and she walked sadly down the middle of the hall
और वह उदास होकर हॉल के बीच में चली गई

"how am I ever going to get out again?"
"मैं फिर कभी कैसे बाहर निकलूंगा?

Suddenly she came upon a little table
अचानक वह एक छोटी सी मेज पर आया
the table was made entirely of solid glass
मेज पूरी तरह से ठोस कांच से बना था
There was nothing on the table but a tiny golden key
मेज पर एक छोटी सुनहरी चाबी के अलावा कुछ भी नहीं था
the key might belong to one of the doors!
चाबी दरवाजे में से एक से संबंधित हो सकती है!
but, alas! some of the locks were too large for the keys
लेकिन, अफसोस! कुछ ताले चाबियों के लिए बहुत बड़े थे
and for the other locks the key was too small
और अन्य तालों के लिए चाबी बहुत छोटी थी
but, at any rate, the key opened none of the doors
लेकिन, किसी भी दर पर, चाबी ने कोई भी दरवाजा नहीं खोला

but what was she to do?

लेकिन उसे क्या करना था?

she went through the hall again

वह फिर से हॉल के माध्यम से चला गया

and this time she noticed a low curtain

और इस बार उसने एक कम पर्दा देखा

behind the curtain was a little door

पर्दे के पीछे एक छोटा दरवाजा था

the door was about fifteen inches high

दरवाजा लगभग पंद्रह इंच ऊंचा था

She tried the little golden key in the lock

उसने ताले में छोटी सुनहरी चाबी की कोशिश की

and to her great delight, the key fit in the lock!

और उसकी बड़ी खुशी के लिए, चाबी ताले में फिट हो गई!

Alice opened the door

एलिस ने दरवाजा खोला

and she found the door led into a small corridor

और उसने पाया कि दरवाजा एक छोटे से गलियारे में ले जाया गया

the corridor was not much larger than a rat-hole

गलियारा चूहे-छेद से ज्यादा बड़ा नहीं था

she knelt down and looked along the corridor

उसने घुटने टेक दिए और गलियारे के साथ देखा

and she saw the loveliest garden you have ever seen

और उसने सबसे प्यारा बगीचा देखा जिसे आपने कभी देखा है

how she longed to get out of that dark hall

वह उस अंधेरे हॉल से बाहर निकलने के लिए कैसे तरस रही थी

how she wanted to wander among those bright flowers

कैसे वह उन चमकीले फूलों के बीच भटकना चाहती थी

how cool refreshing those fountains looked

उन फव्वारों को कितना ताज़ा लग रहा था
but she could not even get her head through the doorway
लेकिन वह दरवाजे के माध्यम से अपना सिर भी नहीं ले सकी
"Oh," said Alice, mournfully
"ओह," अलाइस ने कहा, शोकपूर्वक
"how I wish I could fold up like a telescope!"
"मैं कैसे चाहता हूं कि मैं एक दूरबीन की तरह मोड़ सकूं!"
"I think I could fold up like a telescope"
"मुझे लगता है कि मैं एक दूरबीन की तरह मोड़ सकता हूं"
"if I only knew how to begin"
"अगर मैं केवल जानता था कि कैसे शुरू करना है"
Alice went back to the table
एलिस मेज पर वापस चली गई
there was the chance of finding another key
एक और कुंजी खोजने का मौका था
or there might be a book of rules
या नियमों की एक किताब हो सकती है
the book could tell her how to fold up like a telescope
किताब उसे बता सकती है कि दूरबीन की तरह कैसे मोड़ना है
This time she found a little bottle
इस बार उसे एक छोटी बोतल मिली
"this bottle certainly was not here before," said Alice
"यह बोतल निश्चित रूप से पहले यहाँ नहीं थी," एलिस ने
कहा
and tied around the neck of the bottle was a paper label
और बोतल के गले में बंधा हुआ पेपर का लेबल था
the label was beautifully printed in large letters
लेबल को बड़े अक्षरों में खूबसूरती से मुद्रित किया गया था
"DRINK ME"
"मुझे पी लो"
"No, I'll look first," she said

"नहीं, मैं पहले देखूंगा," उसने कहा
"I'll see whether the bottle is marked as poisonous or not,"
"मैं देखूंगा कि बोतल को जहरीला चिह्नित किया गया है या नहीं,"
because she never forgot the lesson about poison
क्योंकि वह जहर के बारे में सबक कभी नहीं भूली
"if a bottle is labelled poisonous, it's bound to disagree with you"
"अगर एक बोतल को जहरीला करार दिया जाता है, तो यह आपके साथ असहमत होने के लिए बाध्य है"
However, this bottle was not marked as poisonous
हालांकि, इस बोतल को जहरीले के रूप में चिह्नित नहीं किया गया था
so Alice ventured to taste the content of the bottle
इसलिए ऐलिस ने बोतल की सामग्री का स्वाद लेने का साहस किया
she found the liquid quite to her liking
उसे वह तरल काफी पसंद आया
the drink had a sort of mixed flavour
पेय में एक प्रकार का मिश्रित स्वाद था
cherry-tart, custard, and pineapple
चेरी-टार्ट, कस्टर्ड और अनानास
roast turkey, toffee, and toast with hot butter
गर्म मक्खन के साथ टर्की, टॉफी और टोस्ट भूनें
and she soon finished off the bottle
और उसने जल्द ही बोतल खत्म कर दी
"What a curious feeling!" said Alice
"क्या एक जिज्ञासु लग रहा है!" एलिस ने कहा
"I am folding up like a telescope!"
"मैं एक दूरबीन की तरह तह कर रहा हूँ!"
And she was folding up like a telescope indeed!

और वह वास्तव में एक दूरबीन की तरह तह कर रही थी!
She was now only ten inches high
अब वो सिर्फ़ दस इंच ऊँची थी
and her face brightened up at her thoughts
और उसके विचारों पर उसका चेहरा चमक उठा
now she was the the right size for the little door
अब वह छोटे दरवाजे के लिए सही आकार था
now she could go into that lovely garden
अब वह उस सुंदर बगीचे में जा सकता था
soon she stopped getting smaller
जल्द ही उसने छोटा होना बंद कर दिया
she decided on going into the garden at once
उसने तुरंत बगीचे में जाने का फैसला किया
but, alas for poor Alice!
लेकिन, गरीब ऐलिस के लिए अफसोस!
she got to the door
वह दरवाजे पर पहुंच गई
but she had forgotten the little golden key
लेकिन वह छोटी सुनहरी चाबी भूल गई थी
she went back to the table for the key
वह चाबी के लिए मेज पर वापस चली गई
but she found she could not reach high enough
लेकिन उसने पाया कि वह काफी ऊंचाई तक नहीं पहुंच सकी
she could see the key quite plainly through the glass
वह कांच के माध्यम से काफी स्पष्ट रूप से कुंजी देख सकता
था
she tried to climb up the legs of the table
उसने मेज के पैरों पर चढ़ने की कोशिश की
but the glass was far too slippery
लेकिन कांच बहुत फिसलन भरा था
eventually she tired herself out with trying

अंततः वह कोशिश करने के साथ खुद को थक गई
and the poor little girl sat down and cried
और बेचारी छोटी लड़की बैठ कर रोने लगी
Alice spoke to herself rather sharply
एलिस ने खुद से काफी तीखे स्वर में बात की
"Come, there's no use in crying like that!"
"चलो, इस तरह रोने का कोई फायदा नहीं है!"
"I advise you to stop right this minute!"
"मैं आपको इस मिनट रुकने की सलाह देता हूं!"
She generally gave herself very good advice
वह आम तौर पर खुद को बहुत अच्छी सलाह देती थी
though she very seldom followed her own advice
हालांकि वह शायद ही कभी अपनी सलाह का पालन करती थी
and she sometimes was too harsh on herself
और वह कभी-कभी खुद पर बहुत कठोर थी
and her words brought tears into her eyes
और उसके शब्दों ने उसकी आँखों में आँसू ला दिए
Soon her eye fell upon a little glass box
जल्द ही उसकी नज़र एक छोटे से कांच के बक्से पर पड़ी
the little glass box was lying under the table
छोटा कांच का डिब्बा टेबल के नीचे पड़ा था
in the glass box was a very small cake
कांच के डिब्बे में एक बहुत छोटा केक था
on the cake some words were beautifully written
केक पर कुछ शब्द खूबसूरती से लिखे गए थे
the words had been marked in currants
शब्दों को करंट में चिह्नित किया गया था
"EAT ME"
"मुझे खा जाओ"
"Well, I'll eat the cake," said Alice
"ठीक है, मैं केक खाऊंगा," एलिस ने कहा

"and if the cake makes me grow larger, I can reach the key"

"और अगर केक मुझे बड़ा करता है, तो मैं कुंजी तक पहुंच सकता हूं"

"and if the cake makes me grow smaller, I can creep under the door"

"और अगर केक मुझे छोटा करता है, तो मैं दरवाजे के नीचे रेंग सकता हूं"

"so either way I'll get into the garden"

"तो किसी भी तरह से मैं बगीचे में जाऊंगा"

"and I don't care which of the two happens!"

"और मुझे परवाह नहीं है कि दोनों में से कौन सा होता है!"

She ate a little bit of the cake

उसने केक का थोड़ा सा हिस्सा खा लिया

and she anxiously spoke to herself:

और वह उत्सुकता से खुद से बात की:

"Which way? Which way?"

"कौन सा रास्ता? कौन सा रास्ता?"

and she held her hand on her head

और उसने अपना हाथ उसके सिर पर रख लिया

she wanted to feel which way she was growing

वह महसूस करना चाहती थी कि वह किस तरह से बढ़ रही थी

she was quite surprised to find what had happened

वह यह जानकर काफी हैरान थी कि क्या हुआ था

she had remained the same size!

वह एक ही आकार में रह गया था!

so this time she doubled her efforts

इसलिए इस बार उसने अपने प्रयास दोगुने कर दिए

and soon she finished off the whole cake

और जल्द ही उसने पूरा केक खत्म कर दिया

The Pool of Tears
आँसुओं का पूल

"This is getting more and more interesting!" cried Alice
"यह अधिक से अधिक दिलचस्प हो रहा है!" एलिस रोया

You can see she was very surprised
आप देख सकते हैं कि वह बहुत हैरान थी

"I'm opening out like the largest telescope there ever was!"
"मैं अब तक की सबसे बड़ी दूरबीन की तरह खुल रहा हूँ!"

"Good-bye, feet! Oh, my poor little feet"
"अलविदा, पैर! ओह, मेरे गरीब छोटे पैर"

"I wonder who will put on your shoes for you now, dears?"
"मुझे आश्चर्य है कि अब आपके लिए आपके जूते कौन
डालेगा, प्रिय?"

"and I wonder who will put on your stockings?"
"और मुझे आश्चर्य है कि आपके मोज़े कौन डालेगा?"

"I shall be a great deal too far away"
"मैं बहुत दूर रहूँगा"

"I won't be able trouble myself about you anymore"
"मैं अब तुम्हारे बारे में खुद को परेशान नहीं कर पाऊंगा"

Just at this moment her head struck against something
बस इसी समय उसका सिर किसी चीज से टकराया

she had reached the roof of the hall
वह हॉल की छत पर पहुंच गई थी

in fact, she was now more than two meters tall
वास्तव में, वह अब दो मीटर से अधिक लंबी थी

and she at once took up the little golden key
और उसने तुरंत छोटी सुनहरी चाबी उठा ली

and she hurried off to the garden door
और वह जल्दी से बगीचे के दरवाजे की ओर चल पड़ी

Poor Alice! There was not much she could do
गरीब ऐलिस! वह ज्यादा कुछ नहीं कर सकती थी

she laid down on one side

वह एक तरफ लेट गई

and she looked through into the garden with one eye

और उसने एक आँख से बगीचे में देखा

but to get through was more hopeless than ever

लेकिन के माध्यम से प्राप्त करने के लिए पहले से कहीं
अधिक निराशाजनक था

She sat down and began to cry again

वह बैठ गई और फिर से रोने लगी

She went on shedding gallons of tears

वह आँसू के गैलन बहाती चली गई

soon there was a large pool all around her

जल्द ही उसके चारों ओर एक बड़ा पूल था

and the water reached half-way down the hall

और पानी हॉल के आधे रास्ते तक पहुंच गया

After a time, she heard a little pattering of feet

थोड़ी देर बाद उसे पैरों की हल्की थपकी सुनाई दी

she heard the feet coming from the distance

उसने दूर से आते पैरों की आवाज सुनी

and she hastily dried her eyes to see what was coming

और उसने जल्दी से अपनी आँखें सुखा लीं यह देखने के लिए
कि क्या आ रहा था

It was the White Rabbit returning

यह सफेद खरगोश लौट रहा था

he was splendidly dressed

उसने शानदार कपड़े पहने थे

he had a pair of white gloves in one hand

उनके एक हाथ में सफेद दस्ताने थे

and he had a large feather fan in the other hand

और उसके दूसरे हाथ में एक बड़ा पंख पंखा था

He came trotting along in a great hurry

वह बड़ी जल्दी में टहलता हुआ आया
and he muttered to himself, "Oh! the Duchess, the Duchess!"
और वह मन ही मन बुदबुदाया, "ओह! डचेस, डचेस!"
"Oh! won't she be savage if I've kept her waiting!"
"ओह! अगर मैंने उसे इंतज़ार करवाया तो क्या वह वहशी नहीं
होगी!"

When the Rabbit came near her, Alice spoke
जब खरगोश उसके पास आया, तो एलिस बोली
but she spoke in a low, timid voice
लेकिन वह धीमी, डरपोक आवाज में बोली
"sir, please stop what you're doing for one moment"
"सर, आप जो कर रहे हैं उसे एक पल के लिए रोक दें"
The Rabbit startled violently
खरगोश हिंसक चौंका
he dropped the white gloves and the feather fan
उसने सफेद दस्ताने और पंख पंखे को गिरा दिया
and he scurried away into the darkness as fast as he could

और वह जितनी तेजी से हो सकता था उतनी तेजी से अंधेरे
में भाग गया
Alice picked up the feather fan and gloves
एलिस ने पंख पंखा और दस्ताने उठाए
and she kept fanning herself while she kept talking
और वह बात करते हुए खुद को पंखा करती रही
"Dear, dear! How strange everything is today!"
"प्रिय, प्रिय! आज सब कुछ कितना अजीब है!
"yesterday things went on just as usual"
"कल चीजें हमेशा की तरह ही चलीं"
"Was I the same when I got up this morning?"
"क्या मैं भी वही था जब मैं आज सुबह उठा था?
"But if I'm not the same, there is another question"
"लेकिन अगर मैं वही नहीं हूं, तो एक और सवाल है"
"Who in the world am I?"
"मैं दुनिया में कौन हूँ?
"Ah, that's the great puzzle!"
"आह, यह बड़ी पहेली है!"
As she said this, she looked down at her hands
यह कहते हुए उसने अपने हाथों की ओर देखा
she was wearing one of the rabbits little white gloves
उसने खरगोशों में से एक छोटे सफेद दस्ताने पहने हुए थे
she hadn't noticed she put the glove on while talking
उसने ध्यान नहीं दिया था कि उसने बात करते समय दस्ताने
पहन रखे थे
"How can I have done that?" she thought
"मैं ऐसा कैसे कर सकता था?" उसने सोचा
"I must be growing small again"
"मुझे फिर से छोटा होना चाहिए"
She got up and went to the table to measure her height
वह उठी और अपनी ऊंचाई मापने के लिए मेज पर गई

she found that she was now about half a meter tall

उसने पाया कि वह अब लगभग आधा मीटर लंबी थी

and she was still shrinking rapidly

और वो अभी भी तेजी से सिकुड़ रही थी

She soon found out what the cause of the shrinking was

उसे जल्द ही पता चल गया कि सिकुड़ने का कारण क्या था

the feather fan was making her smaller again!

पंख पंखा उसे फिर से छोटा कर रहा था!

and she dropped the feather fan hastily

और उसने जल्दी से पंख पंखा गिरा दिया

she dropped the feather fan just in time to save herself

उसने खुद को बचाने के लिए समय पर पंख पंखा गिरा दिया

had she fanned herself any longer she would have shrunk away entirely

अगर वह खुद को और अधिक पंखा करती तो वह पूरी तरह से सिकुड़ जाती

"That was a narrow escape!" said Alice

"वह एक संकीर्ण पलायन था!" एलिस ने कहा

and she was a good deal frightened at the sudden change

और वह अचानक बदलाव से काफी डर गई थी

but she was very glad to find herself still in existence

लेकिन वह खुद को अभी भी अस्तित्व में पाकर बहुत खुश थी

"And now, off to the garden!"

"और अब, बगीचे के लिए रवाना!"

And she ran with all speed back to the little door

और वह पूरी गति के साथ छोटे दरवाजे पर वापस भाग गई

but, alas! the little door was shut again

लेकिन, अफसोस! छोटा दरवाजा फिर से बंद हो गया

and the little golden key was lying on the glass table again

और छोटी सुनहरी चाबी फिर से कांच की मेज पर पड़ी थी

"Things are worse than ever," thought the poor child

"हालात पहले से भी बदतर हैं," गरीब बच्चे ने सोचा

"I never was so small as this before, never!"

"मैं पहले कभी इतना छोटा नहीं था, कभी नहीं!"

As she said these words, her foot slipped

जैसे ही उसने ये शब्द कहे, उसका पैर फिसल गया

and in another moment there was a great splash!

और एक और पल में एक महान छप था!

she was up to her chin in salt-water

वह खारे पानी में अपनी ठुड्डी तक थी

Her first idea was that she had somehow fallen into the sea

उसका पहला विचार यह था कि वह किसी तरह समुद्र में गिर गई थी

However, she soon realized what she was in

हालांकि, उसे जल्द ही एहसास हुआ कि वह क्या कर रही थी

she was in a pool of tears

वह आंसुओं के पूल में थी

the tears she had wept when she was two meters tall

आँसू वह रोया था जब वह दो मीटर लंबा था

Just then she heard something

तभी उसे कुछ सुनाई दिया

something was splashing about in the pool

पूल में कुछ छींटे मार रहा था

the splashing came from a little way off

छींटे थोड़ी दूर से आए

and she swam nearer to see what the splashing was

और वह तैरकर पास आ गई यह देखने के लिए कि छींटे क्या हैं

she soon saw that it was only a little mouse

उसने जल्द ही देखा कि यह केवल एक छोटा चूहा था

the little mouse had slipped in to the water too

छोटा चूहा भी पानी में फिसल गया था

Alice thought to herself about the situation

एलिस ने स्थिति के बारे में खुद को सोचा

"Would it be of any use to speak to this mouse?"

"क्या इस चूहे से बात करने का कोई फायदा होगा?"

"Everything is so up-side-down down here"

"यहाँ सब कुछ इतना ऊपर-नीचे है"

"I should think very likely this mouse can talk"

"मुझे लगता है कि बहुत संभावना है कि यह माउस बात कर सकता है"

"at any rate, there's no harm in trying"

"किसी भी दर पर, कोशिश करने में कोई बुराई नहीं है"

So she began trying to talk to the mouse

इसलिए वह चूहे से बात करने की कोशिश करने लगी

"Oh Mouse, do you know the way out of this pool?"

"ओह माउस, क्या आप इस पूल से बाहर निकलने का रास्ता जानते हैं?"

"I am very tired of swimming about here, Oh Mouse!"

"मैं यहाँ तैरने से बहुत थक गया हूँ, ओह माउस!"
The mouse looked at her rather inquisitively
चूहे ने उसे जिज्ञासा से देखा
the mouse seemed to wink with one of its little eyes
चूहा अपनी एक छोटी सी आंख से पलक झपकाता प्रतीत हो रहा था
but the little mouse said nothing
लेकिन छोटे चूहे ने कुछ नहीं कहा
"Perhaps the mouse doesn't understand English," thought Alice
"शायद चूहा अंग्रेजी नहीं समझता है," एलिस ने सोचा
"I dare say it's a French mouse"
"मैं यह कहने की हिम्मत करता हूं कि यह एक फ्रांसीसी माउस है"
"perhaps this mouse came over with William the Conqueror"
"शायद यह चूहा विलियम द कॉन्करर के साथ आया था"
So she began again, in French
तो उसने फिर से फ्रेंच में शुरू किया
"Where is my cat?" she asked in French
"मेरी बिल्ली कहाँ है?" उसने फ्रेंच में पूछा
it was the first sentence in her French lesson-book
यह उसकी फ्रेंच पाठ-पुस्तक का पहला वाक्य था
The Mouse gave a sudden leap out of the water
चूहे ने अचानक पानी से बाहर छलांग लगाई
and the mouse seemed to quiver all over with fright
और चूहा डर के मारे थरथराने लगा
"Oh, I beg your pardon!" cried Alice hastily
"ओह, मैं आपसे क्षमा माँगता हूँ!" अलाइस जल्दी से चिल्लाया
she was afraid that she had hurt the poor animal's feelings
उसे डर था कि उसने गरीब जानवर की भावनाओं को चोट पहुंचाई है

"I quite forgot you didn't like cats"

"मैं भूल गया कि आपको बिल्लियाँ पसंद नहीं थीं"

"I don't like cats!" cried the Mouse in a shrill, passionate voice

"मुझे बिल्लियाँ पसंद नहीं हैं!" चूहा तीखी, भावुक आवाज़ में चिल्लाया

"Would you like cats, if you were me?"

"क्या आप बिल्लियों को पसंद करेंगे, अगर आप मेरी जगह थे?

Alice comforted the mouse in a soothing tone

एलिस ने सुखदायक स्वर में चूहे को दिलासा दिया

"Well, perhaps I would not like cats if I were you either"

"ठीक है, शायद मैं बिल्लियों को पसंद नहीं करूंगा अगर मैं भी तुम्हारी जगह होता"

"please don't be angry about the mention of cats"

"कृपया बिल्लियों के उल्लेख के बारे में नाराज न हों"

"And yet I wish I could show you our cat Dinah"

"और फिर भी मेरी इच्छा है कि मैं आपको हमारी बिल्ली दीना दिखा सकूं"

"if you met her I think you'd take a fancy to cats"

"अगर आप उससे मिले तो मुझे लगता है कि आप बिल्लियों के लिए एक फैंसी लेंगे"

"if you could only see her"

"यदि आप केवल उसे देख सकते हैं"

"She is such a dear, quiet thing"

"वह इतनी प्यारी, शांत चीज है"

The mouse was shaking all over

चूहा हर तरफ हिल रहा था

Alice felt certain the mouse must be really offended

ऐलिस ने महसूस किया कि माउस वास्तव में नाराज होना

चाहिए

"We won't talk about her any more, if you'd rather not"

"हम उसके बारे में और बात नहीं करेंगे, अगर आप नहीं चाहते हैं"

"We, indeed!" cried the Mouse

"हम, वास्तव में!" चूहा चिल्लाया

the mouse was trembling down to the end of its tail

चूहा अपनी पूंछ के अंत तक कांप रहा था

"As if I would talk on such a subject!"

"जैसे कि मैं इस तरह के विषय पर बात करूंगा!"

"Our family always hated cats"

"हमारा परिवार हमेशा बिल्लियों से नफरत करता था"

"cats; nasty, low, vulgar things!"

"बिल्लियों; गंदी, नीच, अश्लील चीजें!"

"Don't let me hear the name again!"

"मुझे फिर से नाम मत सुनने दो!

"I won't mention cats again indeed!" said Alice

"मैं वास्तव में फिर से बिल्लियों का उल्लेख नहीं करूंगा!"

एलिस ने कहा

she was in a great hurry to change the subject

वह विषय बदलने की बहुत जल्दी में थी

"Are you... are you fond of dogs?"

"क्या आप... क्या आप कुत्तों के शौकीन हैं?

"There is such a nice little dog near our house,"

"हमारे घर के पास इतना प्यारा सा कुत्ता है,"

"I should like to show you the little dog!"

"मैं तुम्हें छोटा कुत्ता दिखाना चाहता हूँ!

"this little dog kills all the rats and...

"यह छोटा कुत्ता सभी चूहों को मारता है और ...

"oh, dear!" cried Alice in a sorrowful tone

"ओह, प्रिय!" अलाइस एक उदास स्वर में चिल्लाया

"I'm afraid I've offended you again!"

"मुझे डर है कि मैंने आपको फिर से नाराज कर दिया है!"

the mouse was swimming away from her as fast as it could go

चूहा जितनी तेजी से जा सकता था उतनी तेजी से उससे दूर तैर रहा था

and the mouse made quite a commotion in the pool

और चूहे ने पूल में काफी हंगामा किया

So she called softly after the mouse

इसलिए उसने धीरे से चूहे को पुकारा

"my dear mouse, please come back!"

"मेरे प्यारे चूहे, कृपया वापस आओ!

"and we won't talk about cats"

"और हम बिल्लियों के बारे में बात नहीं करेंगे"

"and we don't have to talk about dogs either"

"और हमें कुत्तों के बारे में भी बात नहीं करनी है"

When the mouse heard this, it turned around

चूहे ने जब यह सुना तो वह पलट गया

and the little mouse swam slowly back to her

और छोटा चूहा धीरे-धीरे तैरकर वापस उसके पास आ गया

the mouse's face was quite pale

चूहे का चेहरा काफी पीला पड़ गया था

and the mouse spoke, in a low, trembling voice

और चूहा धीमी, कांपती आवाज में बोला

"Let us get to the shore"

"हमें किनारे पर जाने दो"

"and then I'll tell you my history"

"और फिर मैं आपको अपना इतिहास बताऊंगा"

"and you'll understand why it is I hate cats and dogs"

"और आप समझेंगे कि ऐसा क्यों है कि मैं बिल्लियों और कुत्तों से नफरत करता हूं"

It had become high time to go
यह जाने का उच्च समय हो गया था
because the pool was getting quite crowded
क्योंकि पूल में काफी भीड़ हो रही थी
other birds and animals had fallen into the pool
अन्य पक्षी और जानवर पूल में गिर गए थे
there were a Duck and a Dodo
एक बतख और एक डोडो थे
and there was a Lory bird and an Eaglet
और एक लॉरी पक्षी और एक ईगलेट था
and there were several other interesting looking creatures
और कई अन्य दिलचस्प दिखने वाले जीव थे
Alice led the way out the pool
ऐलिस ने पूल से बाहर निकलने का रास्ता दिखाया
and the whole party of animals swam to the shore
और जानवरों का पूरा दल तैरकर किनारे पर आ गया

A caucus race and a long tail
एक कॉकस दौड़ और एक लंबी पूंछ

They were indeed a funny-looking bunch of animals

वे वास्तव में जानवरों का एक अजीब दिखने वाला झुंड थे

and they all assembled on the water's bank

और वे सब पानी के किनारे इकट्ठे हुए

the birds all had bedraggled feathers

सभी पक्षियों के पंख अस्त-व्यस्त थे

and the furry animals were soaked through

और प्यारे जानवरों को भिगोया गया

and all were dripping wet, annoyed and uncomfortable

और सभी गीले, नाराज और असहज टपक रहे थे

there was one question that had to be answered first

एक सवाल था जिसका जवाब पहले देना था

what is the best way for everyone to get dry?

हर किसी के सूखने का सबसे अच्छा तरीका क्या है?

They had a consultation about this matter

उन्होंने इस मामले के बारे में परामर्श किया था

soon they were all on familiar terms

जल्द ही वे सभी परिचित शर्तों पर थे

it was as if she had known them all her life

ऐसा लगता था जैसे वह उन्हें जीवन भर जानती थी

the mouse seemed to be a person of some authority

चूहा किसी अधिकार का व्यक्ति लग रहा था

"Sit down, all of you, and listen to me!

"बैठो, तुम सब, और मेरी बात सुनो!

"I'll soon make you all dry again!"

"मैं जल्द ही आप सभी को फिर से सूखा दूंगा!"

They all sat down at once, in a large ring

वे सभी एक साथ बैठ गए, एक बड़ी अंगूठी में

and the little mouse sat in the middle

और छोटा चूहा बीच में बैठ गया

"Ahem!" said the mouse with an important air

"अहम!" चूहे ने एक महत्वपूर्ण हवा के साथ कहा

"Are you all ready?"

"क्या आप सब तैयार हैं?"

"This is the driest thing I know"

"यह सबसे सूखी बात है जिसे मैं जानता हूं"

"Silence all around, if you please!"

"चारों ओर मौन, अगर आप कृपया!"

"William the Conqueror was favoured by the pope"

"विलियम द कॉन्करर को पोप ने पसंद किया था"

"but he was soon submitted to by the English"

"लेकिन वह जल्द ही अंग्रेजी द्वारा प्रस्तुत किया गया था"

"they wanted leaders of late"

"वे देर से नेताओं को चाहते थे"

"and they had been accustomed to power and conquest"

"और वे शक्ति और विजय के आदी थे"

"Edwin and Morcar, the Earls of Mercia and Northumbria"

"एडविन और मोरकर, मर्सिया और नॉर्थम्ब्रिया के अर्ल्स"

"Ugh!" said the lori bird, with a shiver

"उह!" लोरी पक्षी ने एक कंपकंपी के साथ कहा

"and even Stigand, the patriotic archbishop of Canterbury"

"और यहां तक कि स्टिगैंड, कैंटरबरी के देशभक्त आर्कबिशप"

"he also found it advisable"

"उन्होंने भी इसे उचित पाया"

"What did he find advisable?" said the duck

"उसे क्या सलाह मिली?" बतख ने कहा

"He found it advisable" the mouse replied rather crossly

"उसने इसे उचित पाया," माउस ने उत्तर दिया, बल्कि क्रॉसली

but the duck was not satisfied

लेकिन बतख संतुष्ट नहीं थी

"of course, you know what 'it' means"

"बेशक, आप जानते हैं कि 'यह' का क्या अर्थ है"

"I know what 'it' is when I find a thing," said the duck

"मुझे पता है कि जब मुझे कोई चीज़ मिलती है तो वह क्या होता है," बतख ने कहा

"it's generally a frog or a worm"

"यह आम तौर पर एक मेंढक या कीड़ा है"

"The question is, what did the archbishop find?"

"सवाल यह है कि आर्कबिशप ने क्या पाया?"

The mouse did not notice this question

माउस ने इस सवाल पर ध्यान नहीं दिया

instead, the mouse hurriedly went on with the speech

इसके बजाय, माउस जल्दी से भाषण के साथ चला गया

"he found it advisable to go with Edgar Atheling"

"उन्होंने एडगर एथेलिंग के साथ जाना उचित समझा"

"to meet William and offer him the crown"

"विलियम से मिलने और उसे ताज देने के लिए"

the mouse continued, turning to Alice as it spoke

चूहा जारी रखा, ऐलिस की ओर मुड़ते हुए यह बात की

"How are you getting on now, my dear?"

"अब आप कैसे चल रहे हैं, मेरे प्यारे?"

"As wet as ever," said Alice in a melancholy tone

"हमेशा की तरह गीला," एलिस ने उदास स्वर में कहा

"this story doesn't seem to dry me at all"

"यह कहानी मुझे बिल्कुल सूखी नहीं लगती है"

"In that case," said the dodo solemnly, rising to its feet

"उस मामले में," डोडो ने गंभीरता से कहा, अपने पैरों पर उठते हुए

"I vote that the meeting be adjourned"

"मैं वोट देता हूं कि बैठक स्थगित कर दी जाए"

"and I propose an immediate adoption of more energetic remedies"

"और मैं अधिक ऊर्जावान उपायों को तत्काल अपनाने का प्रस्ताव करता हूं"

"Speak real words!" said the eaglet

"असली शब्द बोलो!" चील ने कहा

"I don't know the meaning of half of those long words"

"मुझे उन लंबे शब्दों में से आधे का अर्थ नहीं पता"

"and, what's more, I don't believe you know either!"

और, क्या अधिक है, मुझे विश्वास नहीं है कि आप या तो जानते हैं!

"What I was going to say," said the dodo in an offended tone

"मैं क्या कहने जा रहा था," डोडो ने नाराज स्वर में कहा

"the best thing to get us dry would be a caucus-race"

"हमें सूखा पाने के लिए सबसे अच्छी बात एक कॉकस-रेस होगी"

"What is a caucus-race?" said Alice

"कॉकस-रेस क्या है?" एलिस ने कहा

"Well," said the dodo, "the best way to explain it is to do it"

"ठीक है," डोडो ने कहा, "इसे समझाने का सबसे अच्छा तरीका यह करना है"

"First the dodo marked out a race-course"

"पहले डोडो ने रेस-कोर्स को चिह्नित किया"

"the track was in a sort of circle"

"ट्रैक एक तरह के घेरे में था"

"and then all the party were placed along the course"

"और फिर सभी पार्टी को पाठ्यक्रम के साथ रखा गया था"

There was no "One, two, three and away!"

कोई "एक, दो, तीन और दूर" नहीं था!

but they began running when they liked

लेकिन वे जब चाहें दौड़ने लगे

and they also finished when they liked

और वे भी जब पसंद करते थे तब समाप्त हो जाते थे

so it was not easy to know when the race was over

इसलिए यह जानना आसान नहीं था कि दौड़ कब खत्म हो गई

after half an hour or so of running they were all quite dry

आधे घंटे या दौड़ने के बाद वे सभी काफी सूखे थे

the dodo suddenly called out, "The race is over!"

डोडो ने अचानक पुकारा, "दौड़ खत्म हो गई है!"

and they all crowded around the dodo

और वे सभी डोडो के चारों ओर भीड़ गए

all the animals were panting and puffing

सभी जानवर हांफ रहे थे और कश लगा रहे थे

and they all wanted to know, "But who has won?"

और वे सब जानना चाहते थे, "लेकिन कौन जीता है?

This question the dodo could not immediately answer

इस सवाल का डोडो तुरंत जवाब नहीं दे सका

first he had to do a great deal of thinking

पहले उसे बहुत कुछ सोचना पड़ा

after much thinking, the dodo finally spoke

बहुत सोचने के बाद, डोडो आखिरकार बोला

"Everybody has won, and all must have prizes"

"हर कोई जीता है, और सभी को पुरस्कार मिलना चाहिए"

"But who is to give the prizes?" asked a chorus of voices

"लेकिन पुरस्कार देने वाला कौन है?" आवाज़ों का एक कोरस पूछा

"Well, she, of course," said the dodo

"ठीक है, वह, निश्चित रूप से," डोडो ने कहा

and the dodo pointed with one finger to Alice

और डोडो ने एक उंगली से एलिस की ओर इशारा किया

and the whole party of animals crowded around her

और जानवरों की पूरी पार्टी उसके चारों ओर भीड़ गई
they called out, in a confused way, "Prizes! Prizes!"
उन्होंने उलझन में कहा, "पुरस्कार! पुरस्कार!"
Alice had no idea what to do
ऐलिस को पता नहीं था कि क्या करना है
in despair she put her hand into her pocket
निराशा में उसने अपनी जेब में हाथ डाला
and she pulled out a box of sweets
और उसने मिठाई का डिब्बा निकाला
luckily the salt-water had not got into the box
सौभाग्य से नमक-पानी बॉक्स में नहीं मिला था
and she handed the sweets around as prizes
और उसने मिठाई को पुरस्कार के रूप में सौंप दिया
There was exactly one piece for everyone
सभी के लिए बिल्कुल एक टुकड़ा था
The next thing they had to do was to eat the sweets
अगली चीज़ जो उन्हें करनी थी वह थी मिठाई खाना
this caused some noise and confusion
इससे कुछ शोर और भ्रम पैदा हुआ
the large birds complained that they could not taste their sweets
बड़े पक्षियों ने शिकायत की कि वे अपनी मिठाई का स्वाद नहीं ले सकते
the small ones choked and had to be patted on the back
छोटे लोगों का दम घुट गया और उन्हें पीठ पर थपथपाना पड़ा
However, it was over at last
हालाँकि, यह अंत में खत्म हो गया था
and they sat down again in a ring
और वे फिर से एक अंगूठी में बैठ गए
and they begged the mouse to tell them something more
और उन्होंने चूहे से विनती की कि वह उन्हें कुछ और बताए

"You promised to tell me your history, you know," said Alice
"आपने मुझे अपना इतिहास बताने का वादा किया था, आप जानते हैं," एलिस ने कहा
and she made another little remark about cats in a whisper
और उसने कानाफूसी में बिल्लियों के बारे में एक और छोटी सी टिप्पणी की
she didn't want to offend the mouse again
वह फिर से चूहे को नाराज नहीं करना चाहती थी
the little mouse turned to Alice and sighed
छोटा चूहा ऐलिस की ओर मुड़ा और आह भरी
"Mine is a long and a sad tale!"
"मेरी एक लंबी और दुखद कहानी है!"
"It is a long tail, certainly," said Alice
"यह एक लंबी पूंछ है, निश्चित रूप से," एलिस ने कहा
and she looked down with wonder at the mouse's tail
और उसने आश्चर्य से चूहे की पूंछ की ओर देखा
"but why do you call it a sad tail?"
"लेकिन आप इसे उदास पूंछ क्यों कहते हैं?"
And she kept on puzzling about it while the mouse was speaking
और वह इसके बारे में परेशान करती रही, जबकि चूहा बोल रहा था
so that her idea of the tale was something like this
ताकि कहानी के बारे में उसका विचार कुछ इस तरह हो

            "Fury said to
              a mouse, That
                he met in the
                  house, 'Let
                   us both go
                    to law: *I*
                    will prosecute
                    you.—
                    Come, I'll
                  take no denial:
                We must have
              the trial;
            For really
          this morning
        I've
      nothing
      to do.'
        Said the
            mouse to
              the cur,
                'Such a
                  trial, dear
                    sir, With
                      no jury
                        or judge,
                        would
                        be wasting
                        our
                    breath.'
                  'I'll be
                judge,
              I'll be
            jury,'
          said
        cunning
          old
            Fury;
              'I'll
                try
                  the
                    whole
                      cause,
                      and
                      condemn
                    you to
              death.''

Fury said to a mouse, That he met in the house"

रोष ने एक चूहे से कहा, कि वह घर में मिला था"

Let us both go to law: I will prosecute you

हम दोनों कानून के पास जाएं: मैं आप पर मुकदमा चलाऊंगा

Come, I'll take no denial: We must have the trial

आओ, मैं कोई इनकार नहीं करूंगा: हमारे पास परीक्षण होना चाहिए

For really this morning I've nothing to do

वास्तव में आज सुबह के लिए मेरे पास करने के लिए कुछ
नहीं है
Said the mouse to the cur;
चूहे ने कर्र से कहा;
Such a trial, dear sir, With no jury or judge, would be
wasting our breath
इस तरह के एक परीक्षण, प्रिय महोदय, कोई जूरी या
न्यायाधीश के साथ, हमारी सांस बर्बाद कर रहा होगा
"I'll be judge, I'll be jury," said cunning old Fury
"मैं जज बनूंगा, मैं जूरी बनूंगा," चालाक बूढ़े फ्यूरी ने कहा
I'll try the whole cause, and condemn you to death
मैं पूरे कारण की कोशिश करूंगा, और आपको मौत की सजा
दूंगा
the mouse spoke severely to Alice
चूहे ने एलिस से गंभीर रूप से बात की
"You are not paying attention!"
"आप ध्यान नहीं दे रहे हैं!"
"What are you thinking of?"
"क्या सोच रहे हो?"
"I beg your pardon," said Alice very humbly
"मैं आपसे क्षमा माँगता हूँ," अलाइस ने बहुत विनम्रता से कहा
"you had got to the fifth bend, I think?"
"आप पांचवें मोड़ पर पहुंच गए थे, मुझे लगता है?"
"You insult me by talking such nonsense!"
"आप ऐसी बकवास करके मेरा अपमान करते हैं!"
and the mouse got up and walked away
और चूहा उठकर चला गया
Alice called after the little mouse
ऐलिस ने छोटे चूहे के बाद बुलाया
"Please come back and finish your story!"
"कृपया वापस आओ और अपनी कहानी खत्म करो!

And the others all joined in chorus
और अन्य सभी कोरस में शामिल हो गए
"Yes, please do finish your story!"
"हाँ, प्लीज़ अपनी कहानी खत्म करो!
But the mouse only shook its head impatiently
लेकिन चूहे ने केवल अधीरता से अपना सिर हिला दिया
and the little mouse walked a little quicker
और छोटा चूहा थोड़ा तेज चला गया
"I wish I had Dinah, our cat, here!" said Alice
"काश मेरे पास दीना, हमारी बिल्ली, यहाँ होती!" एलिस ने
कहा
This caused a remarkable sensation among the party
इससे पार्टी में उल्लेखनीय सनसनी फैल गई
Some of the birds hurried off at once
कुछ पक्षी तुरंत चले गए
and a Canary called out in a trembling voice, to its children;
और एक कैनरी ने कांपते हुए आवाज में अपने बच्चों को
पुकारा;
"Come away, my dears!"
"चले जाओ, मेरे प्यारे!"
"It's high time you were all in bed!"
"यह उच्च समय है जब आप सभी बिस्तर पर थे!"
with various excuses they all went away
तरह-तरह के बहाने बनाकर वे सब चले गए
and Alice was soon left alone
और ऐलिस जल्द ही अकेला रह गया था
"I wish I hadn't mentioned Dinah!"
"काश मैंने दीना का जिक्र नहीं किया होता!"
"Nobody seems to like her down here"
"कोई भी उसे यहाँ पसंद नहीं करता है"
"but I'm sure she's the best cat in the world!"

"लेकिन मुझे यकीन है कि वह दुनिया की सबसे अच्छी बिल्ली
है!
Poor Alice began to cry again
बेचारी ऐलिस फिर से रोने लगी
because she felt very lonely and low-spirited
क्योंकि वह बहुत अकेला और कम उत्साही महसूस करती थी
In a little while, however, she again heard something
लेकिन थोड़ी देर में उसे फिर कुछ सुनाई दिया
a little pattering of footsteps in the distance
दूरी में कदमों की एक छोटी सी थपथपाना
and she looked up eagerly
और उसने उत्सुकता से ऊपर देखा

It was the white rabbit,trotting slowly back again
यह सफेद खरगोश था, धीरे-धीरे फिर से वापस आ रहा था
he was looking about anxiously as he went
जाते-जाते वह उत्सुकता से इधर-उधर देख रहा था
he looked as if he had lost something
उसे ऐसा लग रहा था जैसे उसने कुछ खो दिया हो
Alice heard him muttering to himself
एलिस ने उसे खुद से गुनगुनाते हुए सुना
"The Duchess! The Duchess! Oh, my dear paws!"
"डचेस! डचेस! ओह, मेरे प्यारे पंजे!"
"Oh, my fur and whiskers!"
"ओह, मेरे फर और मूंछ!"
"She'll get me executed, I'm sure of that"
"वह मुझे मार डालेगी, मुझे इस बात का यकीन है"
"just as sure as ferrets are ferrets!"
"बस के रूप में यकीन है कि फेरेट्स फेरेट्स हैं!"
"Where can I have dropped my things, I wonder?"
"मैं अपनी चीजें कहां गिरा सकता हूं, मुझे आश्चर्य है?"

Alice guessed in a moment what he was looking for

एलिस ने एक पल में अनुमान लगाया कि वह क्या ढूंढ रहा था

he was looking for the feather fan

वह पंख पंखे की तलाश में था

and he was looking for the pair of white gloves

और वह सफेद दस्ताने की जोड़ी की तलाश में था

so she very good-naturedly began looking for the gloves

इसलिए वह बहुत अच्छे स्वभाव से दस्ताने की तलाश करने लगी

and she looked for the feather fan too

और उसने पंख पंखे की भी तलाश की

but the gloves and feather fan were nowhere to be seen

लेकिन दस्ताने और पंख पंखे कहीं नहीं दिखे

everything seemed to have changed since her swim in the pool

पूल में तैरने के बाद से सब कुछ बदल गया था

nothing was the same since she had been in the great hall

जब से वह ग्रेट हॉल में थी, तब से कुछ भी पहले जैसा नहीं था

and the glass table had vanished

और कांच की मेज गायब हो गई थी

and the little door wasn't there either

छोटा दरवाजा भी वहां नहीं था

Very soon the rabbit noticed Alice

बहुत जल्द खरगोश ने ऐलिस को देखा

he called to her in an angry tone

उसने गुस्से में उसे बुलाया

"Mary Ann, what are you doing out here?"

"मैरी एन, तुम यहाँ क्या कर रही हो?

"Run home this moment"

"इस पल घर भागो"

"and fetch me a pair of gloves and a feather fan!"

"और मुझे दस्ताने और पंख प्रशंसक की एक जोड़ी लाओ!"

"and be quick about it!"

"और इसके बारे में जल्दी करो!"

Alice spoke to herself as she ran off

एलिस ने भागते हुए खुद से बात की

"He must have mistaken me for his housemaid!"

"उसने मुझे अपनी घरेलू नौकरानी समझ लिया होगा!"

"How surprised he'll be when he finds out who I am!"

"वह कितना आश्चर्यचकित होगा जब उसे पता चलेगा कि मैं कौन हूं!"

As she said this, she came upon a neat little house

यह कहते हुए वह एक साफ-सुथरे छोटे से घर पर आ गई

on the door of the house was a bright brass plate

घर के दरवाजे पर एक चमकीली पीतल की प्लेट थी

"W. RABBIT"

"डब्ल्यू खरगोश"

She went in without knocking on the door

वह दरवाजा खटखटाए बिना अंदर चली गई

and she hurried straight upstairs

और वह जल्दी से सीधे ऊपर की ओर बढ़ गई

she worried that she might meet the real Mary Ann

उसे चिंता थी कि वह असली मैरी एन से मिल सकती है

because then she would be turned out of the house

क्योंकि तब उसे घर से बाहर कर दिया जाएगा

and she wouldn't be able to find the feather fan and gloves

और वह पंख पंखे और दस्ताने खोजने में सक्षम नहीं होगी

Alice had found her way into a tidy little room

ऐलिस ने एक साफ छोटे कमरे में अपना रास्ता खोज लिया था

in the room was a table by the window
कमरे में खिड़की के पास एक मेज थी
and on the table was a feather fan
और मेज पर एक पंख प्रशंसक था
and there were two or three pairs of tiny white gloves
और छोटे सफेद दस्ताने के दो या तीन जोड़े थे
she picked up the feather fan and a pair of the gloves
उसने पंख पंखे और दस्ताने की एक जोड़ी उठाई
and she was just about to leave the room
और वह कमरे से बाहर निकलने ही वाली थी
but then her eyes fell upon a little bottle
लेकिन तभी उसकी नजर एक छोटी बोतल पर पड़ी
She uncorked the bottle and put it to her lips
उसने बोतल को खोल दिया और अपने होंठों से लगा लिया
"I do hope it'll make me grow large again"
"मुझे उम्मीद है कि यह मुझे फिर से बड़ा कर देगा"
"I'm tired of being such a tiny little thing!"
"मैं इतनी छोटी सी चीज होने से थक गया हूँ!"
Alice had hardly drunk half the bottle
एलिस ने मुश्किल से आधी बोतल पी ली थी
her head was already pressing against the ceiling
उसका सिर पहले से ही छत के खिलाफ दबा रहा था
and she had to stoop down
और उसे नीचे झुकना पड़ा
to save her neck from being broken
उसकी गर्दन को टूटने से बचाने के लिए
She hastily put down the bottle
उसने जल्दी से बोतल नीचे रख दी
"That's quite enough"
"यह काफी है"
"I hope I don't grow anymore"

"मुझे आशा है कि मैं अब और नहीं बढ़ूंगा"

Alas! It was too late to wish that!

हाय! यह इच्छा करने के लिए बहुत देर हो चुकी थी!

She went on growing and growing

वह बढ़ती और बढ़ती चली गई

and very soon she had to kneel down on the floor

और बहुत जल्द उसे फर्श पर घुटने टेकने पड़े

and even then she went on growing

और फिर भी वह बढ़ती चली गई

as a last resource she put one arm out of the window

अंतिम संसाधन के रूप में उसने एक हाथ खिड़की से बाहर रखा

and she put one foot up the chimney

और उसने एक पैर चिमनी के ऊपर रख दिया

"Now I can do no more, whatever happens"

"अब मैं और अधिक नहीं कर सकता, चाहे कुछ भी हो जाए"

"What will become of me?"

"मेरा क्या होगा?"

Alice had a spot of luck

ऐलिस के पास भाग्य का एक स्थान था

the little magic bottle had had its full effect

छोटी जादू की बोतल का पूरा असर हो चुका था

and Alice grew no larger than she was

और ऐलिस उससे बड़ी नहीं हुई

After a few minutes she heard a voice outside

कुछ मिनटों के बाद उसने बाहर एक आवाज सुनी

and she stopped to listen to the voice

और वह आवाज सुनने के लिए रुक गई

"Mary Ann! Mary Ann!" said the voice

"मैरी एन! मैरी एन!" आवाज ने कहा

"Fetch me my gloves this moment!"

"मुझे इस पल मेरे दस्ताने लाओ!"

Then came a little pattering of feet on the stairs

फिर सीढ़ियों पर पैरों की थोड़ी थपकी आई

Alice knew it was the rabbit coming to look for her

ऐलिस जानती थी कि यह खरगोश उसकी तलाश में आ रहा है

and she trembled till she shook the house

और वह तब तक कांपती रही जब तक उसने घर को हिला नहीं दिया

she quite forgot what her proportions were

वह बिल्कुल भूल गई कि उसका अनुपात क्या था

she was a thousand times as large as the rabbit

वह खरगोश से हजार गुना बड़ी थी

and she had no reason to be afraid of a rabbit

और उसके पास खरगोश से डरने का कोई कारण नहीं था

Presently the rabbit came up to the door

अब खरगोश दरवाजे तक आ गया

and the little rabbit tried to open the door

और छोटे खरगोश ने दरवाजा खोलने की कोशिश की

the door started to open inwards

दरवाजा अंदर की ओर खुलने लगा

but Alice's elbow was pressed hard against the door

लेकिन ऐलिस की कोहनी दरवाजे के खिलाफ जोर से दबाई गई थी

that attempt proved a failure

यह प्रयास विफल साबित हुआ

Alice heard the rabbit speak to himself

एलिस ने खरगोश को खुद से बात करते सुना

"Then I'll go around and get in through the window"

"तो फिर मैं चारों ओर जाकर खिड़की से अंदर आऊंगा"

"That you won't!" thought Alice

"यह आप नहीं करेंगे!" अलाइस ने सोचा

and she waited a little again

और उसने फिर से थोड़ा इंतजार किया

soon she heard the rabbit just under the window

जल्द ही उसने खिड़की के नीचे खरगोश को सुना

she suddenly spread out her hand

उसने अचानक अपना हाथ फैला दिया

and she made a snatch in the air

और उसने हवा में एक झपट लिया

She did not get hold of anything

उसे कुछ भी पकड़ में नहीं आया

but she heard a little shriek and a fall

लेकिन उसने थोड़ी चीख और गिरने की आवाज सुनी

and she heard a crash of broken glass

और उसने टूटे हुए कांच की एक दुर्घटना सुनी

perhaps the rabbit had fallen

शायद खरगोश गिर गया था

maybe he was in a green-house

शायद वह ग्रीन हाउस में था

Next came an angry voice; the rabbit's voice

इसके बाद गुस्से की आवाज आई; खरगोश की आवाज

"Pat, where are you?"

"पैट, तुम कहाँ हो?"

And then came a voice she had never heard before

और फिर एक आवाज आई जो उसने पहले कभी नहीं सुनी थी

"your honour, I'm here!"

"हुज़ूर, मैं यहाँ हूँ!"

"I'm digging for apples"

"मैं सेब के लिए खुदाई कर रहा हूँ"

"Here! Come and help me out of this!"

"यहाँ! आओ और इससे बाहर निकलने में मेरी मदद करो!"

"Now tell me, Pat, what's that in the window?"

"अब मुझे बताओ, पैट, खिड़की में क्या है?"

"Sure, your honour, I will tell you"

"ज़रूर, हुज़ूर, मैं आपको बताता हूँ"

"it's an arm that's in the window!"

"यह एक हाथ है जो खिड़की में है!"

"Well, an arm has no business there"

"ठीक है, एक हाथ का वहां कोई व्यवसाय नहीं है"

"go and take the arm away!"

"जाओ और हाथ ले लो!"

There was a long silence after this

इसके बाद एक लंबी चुप्पी थी

and Alice could only hear whispers now and then

और ऐलिस केवल कभी-कभी फुसफुसाते हुए सुन सकती थी

and at last she spread out her hand again

और अंत में उसने फिर से अपना हाथ फैला दिया

and she made another snatch in the air

और उसने हवा में एक और झपकी ली

This time there were two little shrieks

इस बार दो छोटी-छोटी चीखें थीं

and there was more sounds of broken glass

और टूटे शीशे की आवाजें ज्यादा आ रही थीं

"I wonder what they'll do next!" thought Alice

"मुझे आश्चर्य है कि वे आगे क्या करेंगे!" अलाइस ने सोचा

"I wish they would pull me out the window"

"काश वे मुझे खिड़की से बाहर खींच लेते"

She waited for some time

उसने कुछ देर इंतजार किया

but for a while she didn't hear anything more

लेकिन थोड़ी देर के लिए उसने कुछ और नहीं सुना

At last came a rumbling of little wheels

अंत में छोटे पहियों की गड़गड़ाहट आई

and there came the sound of a good many voices

और वहाँ एक अच्छी कई आवाज़ें आईं

all the voices were talking together

सभी आवाजें एक साथ बोल रही थीं

She could make out some of the words

वह कुछ शब्दों को समझ सकती थी

"Where's the other ladder?"

"दूसरी सीढ़ी कहाँ है?

"Bill's got the other ladder"

"बिल को दूसरी सीढ़ी मिल गई है"

"Bill, come here!"

"बिल, इधर आओ!"

"Will the roof bear the load?"

"क्या छत का बोझ सहन होगा?"

"Who wants to go down the chimney?"

"चिमनी के नीचे कौन जाना चाहता है?"

"Nay, I shall not! You do it!"

"नहीं, मैं नहीं करूँगा! तुम कर दो!"

"Here, Bill!"

"यहाँ, बिल!"

"The master says you've got to go down the chimney!"

मास्टर का कहना है कि आप चिमनी नीचे जाने के लिए मिल गया है!

Alice drew her foot as far down the chimney as she could

एलिस ने अपने पैर को चिमनी के नीचे तक खींचा जितना वह कर सकती थी

and then she waited to see what was coming

और फिर वह इंतजार कर रही थी कि क्या आ रहा था

she heard a little animal scratching and scrambling

उसने एक छोटे जानवर को खरोंचने और हाथापाई करने की आवाज सुनी

the little animal must be in the chimney

छोटा जानवर चिमनी में होना चाहिए

then she gave one sharp kick

फिर उसने एक तेज किक दी

and she waited to see what would happen next

और वह इंतजार कर रही थी कि आगे क्या होगा

she heard a general chorus of voices

उसने आवाज़ों का एक सामान्य कोरस सुना

"There goes Bill!" they all said

"बिल जाता है!" वे सभी ने कहा

then she heard the rabbit's voice alone

तभी उसे अकेले में खरगोश की आवाज सुनाई दी

"You by the hedge, catch him!"

"तुम बाड़े से, उसे पकड़ो!"

there was another moment of silence

मौन का एक और क्षण था

and then there was another confusion of voices

और फिर आवाज़ों का एक और भ्रम था

"Hold up his head, Brandy"

"उसका सिर पकड़ो, ब्रांडी"

"be careful not to choke him"

"सावधान रहें कि उसका गला न घोंट दें"

"What happened to you?"

"क्या हुआ है तुम्हें?"

Last came a little feeble, squeaking voice

अंत में एक छोटे से कमजोर, कर्कश आवाज आया

"Well, I hardly know no more"

"ठीक है, मैं शायद ही और अधिक नहीं जानता"

"thank you all, I'm better now"

"आप सभी को धन्यवाद, मैं अब बेहतर हूं"

"there is one thing I can remember"

"एक बात है जो मैं याद रख सकता हूं"

"something comes at me like a train in a tunnel"

"कुछ मेरे पास आता है जैसे सुरंग में ट्रेन की तरह"

"and up I fly like a sky-rocket!"

"और ऊपर मैं एक आकाश-रॉकेट की तरह उड़ता हूं!"

there was a minute or two of silence

एक-दो मिनट का मौन था

and then they began moving about again

और फिर वे फिर से आगे बढ़ने लगे

and Alice heard the Rabbit speak again

और एलिस ने खरगोश को फिर से बोलते हुए सुना

"A barrowful will do, to begin with"

"एक बैरोफुल करेगा, शुरू करने के लिए"

"A barrowful of what?" thought Alice

"किस बात का एक बैरोफुल?" अलाइस ने सोचा

But she was not kept in suspense for long

लेकिन उन्हें लंबे समय तक सस्पेंस में नहीं रखा गया

a shower of little pebbles came through the window

खिड़की से छोटे-छोटे कंकड़ों की बौछार आई

and some of the little pebbles hit her in the face

और कुछ छोटे कंकड़ उसके चेहरे पर टकराए

Alice was surprised about the little pebbles

एलिस छोटे कंकड़ के बारे में आश्चर्यचकित था

all the little pebbles were turning into cakes

सभी छोटे कंकड़ केक में बदल रहे थे

and a bright idea came into her head

और एक उज्ज्वल विचार उसके सिर में आया

"I should eat one of these cakes"

"मुझे इनमें से एक केक खाना चाहिए"

"cake is sure to make some change in my size"

"केक मेरे आकार में कुछ बदलाव करने के लिए निश्चित है"

So she swallowed one of the cakes

इसलिए उसने केक में से एक को निगल लिया

and she was delighted to find that she began shrinking

और वह यह जानकर खुश थी कि वह सिकुड़ने लगी है

soon she was small enough to get through the door

जल्द ही वह दरवाजे के माध्यम से प्राप्त करने के लिए काफी छोटा था

she ran out of the house

वह घर से बाहर भागी

a crowd of little animals and birds were waiting outside

नन्हें पशु-पक्षियों की भीड़ बाहर इंतजार कर रही थी

all the little birds and animals rushed at Alice

सभी छोटे पक्षी और जानवर ऐलिस पर दौड़े

but she ran off as fast as she could

लेकिन वह जितनी तेजी से भाग सकती थी उतनी तेजी से भाग गई

and soon she found herself safe in a thick wood

और जल्द ही उसने खुद को एक मोटी लकड़ी में सुरक्षित पाया

Alice wandered about in the woods

ऐलिस जंगल में भटकती रही

and she thought to herself:

और उसने मन ही मन सोचा:

"I know what I have to do first"

"मुझे पता है कि मुझे पहले क्या करना है"

"first I have to grow to my right size again"

"पहले मुझे फिर से अपने सही आकार में बढ़ना होगा"

"and then I have to find my way into that lovely garden"

"और फिर मुझे उस प्यारे बगीचे में अपना रास्ता खोजना होगा"

"I suppose I ought to eat or drink something or other"

"मुझे लगता है कि मुझे कुछ या अन्य खाना या पीना चाहिए"

"but the question is what should I eat or drink?"

"लेकिन सवाल यह है कि मुझे क्या खाना या पीना चाहिए?

Alice looked all around her at the flowers

एलिस ने अपने चारों ओर फूलों को देखा

and she looked through the blades of grass

और उसने घास के ब्लेड के माध्यम से देखा

but she could not see anything to eat or drink

लेकिन उसे खाने-पीने को कुछ दिखाई नहीं दे रहा था

nothing looked like the right thing to eat or drink

खाने या पीने के लिए कुछ भी सही नहीं लग रहा था

There was a large mushroom growing near her

उसके पास एक बड़ा मशरूम उग रहा था

the mushroom was about the same height as Alice

मशरूम ऐलिस के समान ऊंचाई के बारे में था

She stretched herself up on tiptoes

उसने खुद को टिप्पीटो पर फैलाया

and she peeped over the edge of the mushroom

और उसने मशरूम के किनारे पर झांका

her eyes immediately met the eyes of a large blue caterpillar

उसकी आँखें तुरंत एक बड़े नीले कैटरपिलर की आँखों से मिलीं

the caterpillar was sitting on the top of the mushroom

कैटरपिलर मशरूम के शीर्ष पर बैठा था

and the caterpillar had crossed all his arms

और कैटरपिलर ने अपनी सभी बाहों को पार कर लिया था

and he was quietly smoking a long hookah

और वह चुपचाप एक लंबा हुक्का पी रहा था

and he took not the smallest notice of anything

और उसने किसी भी चीज का जरा भी नोटिस नहीं लिया

and he certainly didn't pay attention to Alice

और उसने निश्चित रूप से ऐलिस पर ध्यान नहीं दिया

Advice from a caterpillar
एक कैटरपिलर से सलाह

At last the caterpillar took the hookah out of its mouth

अंत में कैटरपिलर ने हुक्का अपने मुंह से निकाल लिया

and he addressed Alice in a languid, sleepy voice

और उसने एलिस को एक सुस्त, नींद वाली आवाज में संबोधित किया

"Who are you?" said the caterpillar

"तुम कौन हो?" कैटरपिलर ने कहा

Alice replied, rather shyly, "I hardly know, sir"

एलिस ने जवाब दिया, बल्कि शर्माते हुए, "मुझे शायद ही पता है, सर"

"just at the moment it's all a bit..."

"बस इस समय यह सब थोड़ा सा है ..."

"I know who I was when I got up this morning""

"मुझे पता है कि मैं आज सुबह उठने पर कौन था"

"but I think I must have changed several times since then"

"लेकिन मुझे लगता है कि मैं तब से कई बार बदल गया
होगा"
"What do you mean by that?" said the caterpillar
"इससे तुम्हारा क्या मतलब है?" कैटरपिलर ने कहा
sternly the caterpillar asked her to explain herself
सख्ती से कैटरपिलर ने उसे खुद को समझाने के लिए कहा
"I can't explain myself, I'm afraid, sir," said Alice
"मैं खुद को समझा नहीं सकता, मुझे डर है, सर," एलिस ने
कहा
"because I'm not myself"
"क्योंकि मैं खुद नहीं हूं"
"you see, being so many different sizes in a day is very
confusing"
"आप देखते हैं, एक दिन में इतने सारे अलग-अलग आकार
होना बहुत भ्रमित करने वाला है"
She pulled herself up and said very gravely:
उसने खुद को ऊपर खींच लिया और बहुत गंभीरता से कहा:
"I think you ought to tell me who you are, first"
"मुझे लगता है कि आपको मुझे बताना चाहिए कि आप कौन
हैं, पहले"
"Why?" said the caterpillar
"क्यों?" कैटरपिलर ने कहा
Alice could not think of any good reason
ऐलिस किसी भी अच्छे कारण के बारे में नहीं सोच सकता था
and the caterpillar seemed to be in a very unpleasant state of
mind
और कैटरपिलर मन की एक बहुत ही अप्रिय स्थिति में लग
रहा था
so she turned away
इसलिए उसने मुंह फेर लिया
"Come back!" the caterpillar called after her

"वापस आ जाओ!" कैटरपिलर ने उसके बाद बुलाया

"I've something important to say!"

"मुझे कुछ महत्वपूर्ण कहना है!"

Alice turned and came back again

एलिस मुड़ी और फिर से वापस आ गई

"Keep your temper," said the caterpillar

"अपना गुस्सा रखो," कैटरपिलर ने कहा

"Is that all?" said Alice

"बस इतना ही?" अलाइस ने कहा

and she swallowed her anger as well as she could

और उसने अपने गुस्से को निगल लिया जितना वह कर सकती थी

"No," said the caterpillar

"नहीं," कैटरपिलर ने कहा

the caterpillar unfolded its arms

कैटरपिलर ने अपनी बाहों को खोल दिया

and he took the hookah out of his mouth again

और उसने फिर से अपने मुंह से हुक्का निकाल लिया

and he said, "So you think you're changed, do you?"

और उसने कहा, "तो आपको लगता है कि आप बदल गए हैं, क्या आप?

"I'm afraid, I am changed, sir," said Alice

"मुझे डर है, मैं बदल गया हूँ, सर," एलिस ने कहा

"I can't remember things as I used to remember them"

"मैं चीजों को याद नहीं कर सकता क्योंकि मैं उन्हें याद करता था।

"and I don't stay the same size for more than ten minutes!"

"और मैं दस मिनट से अधिक समय तक एक ही आकार में नहीं रहता!"

"What size do you want to be?" asked the caterpillar

"आप किस आकार का होना चाहते हैं?" कैटरपिलर ने पूछा

"Oh, I don't particularly mind what size I am," Alice hastily replied

"ओह, मुझे विशेष रूप से कोई फर्क नहीं पड़ता कि मैं किस आकार का हूं," एलिस ने जल्दबाजी में उत्तर दिया

"I just don't like changing size so often, you know"

"मुझे इतनी बार आकार बदलना पसंद नहीं है, आप जानते हैं"

"I would like to be a little larger, sir"

"मैं थोड़ा बड़ा होना चाहता हूं, सर"

"if you wouldn't mind," added Alice

"अगर आप बुरा नहीं मानेंगे," ऐलिस ने कहा

"Ten centimetres is such a wretched height to be"

"दस सेंटीमीटर इतनी मनहूस ऊंचाई है"

"It is a very good height indeed!" said the caterpillar angrily

"यह वास्तव में एक बहुत अच्छी ऊंचाई है!" कैटरपिलर ने गुस्से से कहा

and he reared itself upright as he spoke

और बोलते-बोलते वह सीधा हो गया

he was exactly ten centimetres high

वह ठीक दस सेंटीमीटर ऊंचा था

In a minute or two, the caterpillar got down off the mushroom

एक या दो मिनट में, कैटरपिलर मशरूम से नीचे उतर गया

and he crawled away into the grass

और वह घास में रेंगता हुआ चला गया

as he went away, he made some little remarks

जाते-जाते उन्होंने कुछ छोटी-छोटी बातें कीं

"One side will make you grow taller"

"एक तरफ आपको लंबा कर देगा"

"and the other side will make you grow shorter"

"और दूसरी तरफ आपको छोटा कर देगा"

"One side of what?" thought Alice to herself

"किस बात का एक पक्ष?" अलाइस ने मन ही मन सोचा

"The other side of what?"

"किस बात का दूसरा पक्ष?"

"the side of the mushroom," said the caterpillar

"मशरूम का किनारा," कैटरपिलर ने कहा

it was as if she had asked her question aloud

यह ऐसा था जैसे उसने अपना सवाल जोर से पूछा हो

and in another moment, he was out of sight

और एक और पल में, वह दृष्टि से बाहर था

Alice remained looking thoughtfully at the mushroom

एलिस मशरूम को सोच-समझकर देखती रही

she was trying to make out which were the two sides of the mushroom

वह यह पता लगाने की कोशिश कर रही थी कि मशरूम के दो पहलू कौन से हैं

At last she stretched her arms around the mushroom

अंत में उसने मशरूम के चारों ओर अपनी बाहें फैलाईं

and she broke off a bit of the edges

और उसने किनारों को थोड़ा तोड़ दिया

"And now, which side is which?" she said to herself

"और अब, कौन सा पक्ष है?" उसने खुद से कहा

and she nibbled a little of the right-hand bit

और उसने दाहिने हाथ के बिट को थोड़ा सा कुतर दिया

The next moment she felt a violent blow underneath her chin

अगले ही पल उसे अपनी ठुड्डी के नीचे एक जोरदार झटका महसूस हुआ

her chin had struck her foot!

उसकी ठुड्डी उसके पैर से टकरा गई थी!

She was a good deal frightened by this very sudden change

वह इस अचानक बदलाव से काफी डर गई थी

she was shrinking very rapidly

वह बहुत तेजी से सिकुड़ रही थी

so she quickly ate some of the other bit of mushroom

इसलिए उसने जल्दी से मशरूम के कुछ अन्य टुकड़े खा लिए

Her chin was pressed very closely against her foot

उसकी ठोड़ी उसके पैर के खिलाफ बहुत बारीकी से दबाई गई थी

there was hardly room to open her mouth

उसके मुंह को खोलने के लिए मुश्किल से जगह थी

but she did at last manage to open her mouth

लेकिन उसने आखिरकार अपना मुंह खोलने का प्रबंधन किया

and she swallowed a morsel of the left-hand bit

और उसने बाएं हाथ का एक निवाला निगल लिया

"my head's been freed at last!" said Alice

"मेरा सिर आखिरकार मुक्त हो गया है!" एलिस ने कहा

she looked down at herself

उसने खुद को नीचे देखा

but all she could see was an immense length of neck

लेकिन वह केवल गर्दन की एक विशाल लंबाई देख सकती थी

her neck seemed to rise like a stalk

उसकी गर्दन डंठल की तरह उठती हुई लग रही थी

and she looked down over a sea of green leaves

और वह हरी पत्तियों के समुद्र पर नीचे देखा

"Where have my shoulders gotten to?"

"मेरे कंधे कहाँ तक पहुँच गए हैं?"

"And oh, my poor hands, how is it I can't see you?"

"और ओह, मेरे गरीब हाथ, यह कैसे है कि मैं आपको नहीं देख सकता?"

but her neck did have one benefit

लेकिन उसकी गर्दन का एक फायदा था

she could move her head in any direction

वह अपना सिर किसी भी दिशा में ले जा सकता था

in fact, she was just like a serpent

वास्तव में, वह एक सर्प की तरह थी

she gracefully zigzagged her head down

उसने इनायत से अपना सिर नीचे कर लिया

and she moved her head through the trees

और उसने अपना सिर पेड़ों के बीच से घुमाया

but then she heard a sharp hiss

लेकिन फिर उसने एक तेज फुफकार सुनी

and she quickly pulled her head back

और उसने जल्दी से अपना सिर पीछे खींच लिया

a large pigeon had flown into her face

एक बड़ा कबूतर उसके चेहरे पर उड़ गया था

and the pigeon was violently with its wings

और कबूतर अपने पंखों के साथ हिंसक था

"Serpent!" cried the pigeon

"सर्प!" कबूतर चिल्लाया

"I'm not a serpent!" said Alice indignantly

"मैं एक नागिन नहीं हूँ!" अलाइस ने गुस्से में कहा

"Leave me alone!"

"मुझे अकेला छोड़ दो!"

"I've tried the roots of trees"

"मैंने पेड़ों की जड़ों की कोशिश की है"

"and I've tried hedges," the pigeon went on

"और मैंने हेजेज की कोशिश की है," कबूतर चला गया

"but those serpents! There's no pleasing them!"

"लेकिन वे सांप! उन्हें कोई प्रसन्न नहीं करता है!

Alice was more and more puzzled

ऐलिस अधिक से अधिक हैरान थी

"As if it wasn't trouble enough hatching the eggs," said the pigeon

कबूतर ने कहा, "जैसे कि अंडे सेने में काफी परेशानी नहीं हुई

"by night and day I must look out for serpents too!"

"रात और दिन मुझे सांपों की भी तलाश करनी चाहिए!"

"I had just found the highest tree in the forest"

"मुझे जंगल में सबसे ऊंचा पेड़ मिला था"

"surely I'd be free from serpents here?"

"निश्चित रूप से मैं यहाँ नागों से मुक्त हो जाऊंगा?"

"and out comes a serpent from the sky!"

"और आकाश से एक सांप निकलता है!"

"But I'm not a serpent, I tell you!" said Alice

"लेकिन मैं एक नागिन नहीं हूँ, मैं आपको बताता हूँ!" अलाइस ने कहा

"I'm a... I'm a... I'm a little girl," she added rather doubtfully

"मैं एक हूँ ... मैं एक... मैं एक छोटी लड़की हूँ, "उसने संदेह से कहा

she had after all been going through a lot of changes

आखिरकार, वह बहुत सारे बदलावों से गुजर रही थी

"You're looking for eggs," said the pigeon

"आप अंडे की तलाश कर रहे हैं," कबूतर ने कहा

"I know that for a fact"

"मुझे पता है कि एक तथ्य के लिए"

"and what does it matter if you're a little girl or a serpent?"

"और इससे क्या फर्क पड़ता है कि आप एक छोटी लड़की या सर्प हैं?"

"It matters a good deal to me," said Alice hastily

"यह मेरे लिए एक अच्छा सौदा है," एलिस ने जल्दबाजी में कहा

"but I'm not looking for eggs, as it happens"

"लेकिन मैं अंडे की तलाश नहीं कर रहा हूं, जैसा कि होता है"

"and I wouldn't want your eggs anyway"

"और मुझे वैसे भी आपके अंडे नहीं चाहिए"

"I don't like my eggs raw"

"मुझे अपने अंडे कच्चे पसंद नहीं हैं"

"Well, be off then!" said the pigeon in a sulky tone

"ठीक है, तो चले जाओ!" कबूतर ने उदास स्वर में कहा

and the pigeon settled down again into its nest

और कबूतर फिर से अपने घोंसले में बैठ गया

Alice crouched down among the trees as well as she could

एलिस पेड़ों के बीच नीचे झुकी के रूप में अच्छी तरह के रूप में वह कर सकता है

her neck kept getting entangled among the branches

उसकी गर्दन शाखाओं के बीच उलझती चली गई

every now and then she had to stop and untwist her neck

हर अब और फिर उसे रुकना पड़ा और उसकी गर्दन को खोलना पड़ा

After awhile she remembered the mushroom

थोड़ी देर बाद उसे मशरूम की याद आई

she still held the pieces of mushroom in her hands

उसने अभी भी मशरूम के टुकड़े अपने हाथों में पकड़े हुए थे

and she set to work very carefully

और वह बहुत सावधानी से काम करने के लिए तैयार हो गई

first she nibbled at one piece

पहले उसने एक टुकड़े पर कुतरना शुरू कर दिया

and then she nibbled at the other piece

और फिर वह दूसरे टुकड़े पर कुतरने लगी

sometimes she grew taller

कभी-कभी वह लंबी हो जाती थी

and sometimes she grew shorter

और कभी-कभी वह छोटी हो जाती थी

but finally she achieved her usual height

लेकिन आखिरकार उसने अपनी सामान्य ऊंचाई हासिल कर ली

she hadn't been her own height for some time

वह कुछ समय के लिए अपनी खुद की ऊंचाई नहीं थी

so everything felt strange for a while

तो थोड़ी देर के लिए सब कुछ अजीब लगा

"The next thing to do is to get into that beautiful garden"

"अगली बात यह है कि उस खूबसूरत बगीचे में जाना है"

"how is that to be done, I wonder?"

"यह कैसे किया जाना है, मुझे आश्चर्य है?"

As she said this, she came upon an open place

यह कहते हुए वह एक खुली जगह पर आ गई

there was a little house, a bit higher than a metre

एक छोटा सा घर था, एक मीटर से थोड़ा ऊंचा

"I wonder who lives in this little house"

"मुझे आश्चर्य है कि इस छोटे से घर में कौन रहता है"

"I certainly can't go in as big as I am"

"मैं निश्चित रूप से उतना बड़ा नहीं जा सकता जितना मैं हूं"

"I would frighten them terribly!"
"मैं उन्हें बहुत डराऊंगा!"
so she nibbled at the little mushroom again
इसलिए उसने फिर से छोटे मशरूम को कुतर दिया
and soon she brought herself down thirty centimetres
और जल्द ही उसने खुद को तीस सेंटीमीटर नीचे लाया

A pig and some pepper

एक सुअर और कुछ काली मिर्च

For a minute or two she stood looking at the house

एक-दो मिनट तक वह घर को देखती रही

suddenly a footman came running out of the woods

अचानक एक पादरी जंगल से भागता हुआ आया

he was wearing a special livery uniform

उसने स्पेशल लिबास की वर्दी पहन रखी थी

judging by his face only, she would have called him a fish

केवल उसके चेहरे को देखते हुए, वह उसे मछली कहती,

and he rapped loudly at the door with his knuckles

और उसने अपने पोर से दरवाजे पर जोर से चिल्लाया

the door was opened by another footman

दरवाजा एक अन्य पादरी ने खोला

this footman too was wearing a special livery

इस फुटमैन ने भी एक खास लिबास पहना हुआ था

this footman had a round face and large eyes like a frog

इस फुटमैन का गोल चेहरा और मेंढक की तरह बड़ी-बड़ी आंखें थीं

The footman that looked like a fish initiated the ceremony
मछली की तरह दिखने वाले फुटमैन ने समारोह की शुरुआत की
he pulled out something from under his arm
उसने अपनी बांह के नीचे से कुछ निकाला
and he pulled out from under his arm an envelope
और उसने अपनी बांह के नीचे से एक लिफाफा निकाला
and this envelope he handed over to the other footman
और यह लिफाफा उसने दूसरे पादरी को सौंप दिया
in a ceremonious tone he told him the orders
एक औपचारिक स्वर में उसने उसे आदेश बताया
"This message is for the Duchess"
"यह संदेश डचेस के लिए है"
"An invitation from the queen to play croquet"
"क्रोकेट खेलने के लिए रानी से एक निमंत्रण"
The footman that looked like a frog repeated the order
मेंढक की तरह दिखने वाले पादरी ने आदेश दोहराया
"from the queen"
"रानी से"
"an invitation"
"एक निमंत्रण"
"for the Duchess"
"डचेस के लिए"
"playing croquet"
"क्रोकेट बजाना"
Then they both bowed low
फिर वे दोनों झुक गए
and the curls in their wigs got entangled together
और उनके विग में कर्ल एक साथ उलझ गए
soon the footman that looked like a fish was gone
जल्द ही मछली की तरह दिखने वाला फुटमैन चला गया

but the footman that looked like a frog was still there

लेकिन मेंढक की तरह दिखने वाला पादरी अभी भी वहीं था

he was sitting on the ground near the door

वह दरवाजे के पास जमीन पर बैठा था

he was staring stupidly up into the sky

वह मूर्खतापूर्ण ढंग से आकाश में घूर रहा था

Alice went timidly up to the door and knocked

एलिस डरते-डरते दरवाजे तक गई और दस्तक दी

"There's no use in knocking," said the footman

"खटखटाने का कोई फायदा नहीं है," पादरी ने कहा

"and that is for two reasons"

"और यह दो कारणों से है"

"First, because I'm on the same side of the door as you are"

"सबसे पहले, क्योंकि मैं दरवाजे के उसी तरफ हूं जैसे आप हैं"

"secondly, because they're making so much noise inside"

"दूसरी बात, क्योंकि वे अंदर इतना शोर कर रहे हैं"

"no one could possibly hear you"

"कोई भी संभवतः आपको नहीं सुन सकता है"

And there certainly was a most extraordinary noise going on within

और निश्चित रूप से भीतर एक सबसे असाधारण शोर चल रहा था

a constant howling and sneezing

लगातार चीखना और छींकना

and every now and then a sound of great crashing

और हर अब और फिर महान दुर्घटनाग्रस्त होने की आवाज

as if a dish or kettle had been broken to pieces

जैसे कि एक डिश या केतली को टुकड़ों में तोड़ दिया गया हो

"How am I to get in?" asked Alice

"मैं अंदर कैसे जाऊं?" अलाइस ने पूछा

"Should you get in at all?" said the footman

"क्या आपको बिल्कुल भी अंदर जाना चाहिए?" पादरी ने कहा

"That's the first question, you know"

"यह पहला सवाल है, आप जानते हैं"

Alice opened the door and went in

अलाइस ने दरवाजा खोला और अंदर चली गई

The door led right into a large kitchen

दरवाजा सीधे एक बड़ी रसोई में ले जाता था

the kitchen was full of smoke from one end to the other

रसोई एक छोर से दूसरे छोर तक धुएं से भरी हुई थी

in the middle of the kitchen was the Duchess

रसोई के बीच में डचेस था

she was sitting on a three-legged stool

वह तीन टांगों वाले स्टूल पर बैठी थी

and she was nursing a baby

और वह एक बच्चे को दूध पिला रही थी

the cook was leaning over the fire

रसोइया आग पर झुक रहा था

he was stirring a large caldron

वह एक बड़े कैल्ड्रॉन को हिला रहा था

and the caldron seemed to be full of soup

और कैल्ड्रॉन सूप से भरा हुआ लग रहा था

"There's certainly too much pepper in that soup!" Alice said to herself

"उस सूप में निश्चित रूप से बहुत अधिक काली मिर्च है!" " अलाइस ने खुद से कहा

she said it as best she could without sneezing

उसने कहा कि यह सबसे अच्छा वह छींकने के बिना कर सकती थी

Even the Duchess sneezed occasionally

यहां तक कि डचेस भी कभी-कभी छींकते थे

but the baby's actions were the most noteworthy

लेकिन बच्चे की हरकतें सबसे उल्लेखनीय थीं

the baby was sneezing and howling alternately

बच्चा बारी-बारी से छींक रहा था और चिल्ला रहा था

there was not a moment's pause between howling and sneezing

चीखने और छींकने के बीच एक पल का ठहराव नहीं था

There were two creatures in the kitchen that did not sneeze

रसोई में दो जीव थे जो छींकते नहीं थे

the cook was too busy to sneeze

रसोइया छींकने में बहुत व्यस्त था

and the large cat did not seem to mind the pepper

और बड़ी बिल्ली को काली मिर्च से कोई फर्क नहीं पड़ता था

instead, the large cat was grinning from ear to ear

इसके बजाय, बड़ी बिल्ली कान से कान तक मुस्कुरा रही थी

"Please would you tell me," said Alice, a little timidly

"कृपया आप मुझे बताएंगे," अलाइस ने कहा, थोड़ा डरपोक

"why is your cat grinning like that?"

"आपकी बिल्ली इस तरह क्यों मुस्कुरा रही है?

"It's a Cheshire-Cat," said the Duchess

"यह एक चेशायर-बिल्ली है," डचेस ने कहा

"and that's why he's grinning from ear to ear"

"और इसीलिए वह कान से कान तक मुस्कुरा रहा है"

"I didn't know that a Cheshire-Cat always grinned"

"मुझे नहीं पता था कि एक चेशायर-कैट हमेशा मुस्कुराती है"

"in fact, I didn't know that cats could grin," said Alice

"वास्तव में, मुझे नहीं पता था कि बिल्लियाँ मुस्कुरा सकती हैं," एलिस ने कहा

"there is much you don't know," said the Duchess

"बहुत कुछ है जो आप नहीं जानते हैं," डचेस ने कहा

"there is much you don't know and that's a fact"

"ऐसा बहुत कुछ है जो आप नहीं जानते हैं, और यह एक

तथ्य है"
Just then the cook took the caldron of soup off the fire
तभी रसोइये ने सूप के कैलड्रॉन को आग से उतार लिया
and at once she started throwing everything within her reach
और एक बार में उसने सब कुछ अपनी पहुंच के भीतर फेंकना
शुरू कर दिया
she threw everything she could at the Duchess and the babe
उसने डचेस और बेब पर वह सब कुछ फेंक दिया जो वह कर
सकती थी
first she threw the fire-irons
पहले उसने फायर-आयरन फेंका
then she threw a handful of saucepans
फिर उसने मुट्ठी भर सॉस पैन फेंक दिया
and finally she threw the plates and dishes
और अंत में उसने प्लेटें और बर्तन फेंक दिए
The Duchess took no notice of her
डचेस ने उस पर कोई ध्यान नहीं दिया
even when she was hit by a plate she did not worry
यहां तक कि जब वह एक प्लेट से मारा गया था तो उसने
चिंता नहीं की
the baby was already howling so much
बच्चा पहले से ही बहुत चिल्ला रहा था
so it was impossible to say whether the blows hurt the baby
or not
इसलिए यह कहना असंभव था कि वार ने बच्चे को चोट
पहुंचाई या नहीं
"Oh, please mind what you're doing!" cried Alice
"ओह, कृपया ध्यान दें कि आप क्या कर रहे हैं!" अलाइस
रोया
and she jumped up and down in an agony of terror

और वह आतंक की पीड़ा में ऊपर और नीचे कूद गई
the Duchess offered Alice the baby
डचेस ने ऐलिस को बच्चे की पेशकश की
"Here! You may nurse the baby a bit, if you like!"
"यहाँ! आप चाहें तो बच्चे को थोड़ा दूध पिला सकते हैं!"
and she flung the baby at her as she spoke
और बोलते हुए उसने बच्चे को उसकी ओर उछाल दिया
"I must go and get ready to play croquet with the queen"
"मुझे जाना चाहिए और रानी के साथ क्रोकेट खेलने के लिए तैयार होना चाहिए"
and she hurried out of the room
और वह जल्दी से कमरे से बाहर निकल गई
Alice caught the baby with some difficulty
एलिस ने बच्चे को कुछ कठिनाई से पकड़ा
because it was a very odd-shaped little creature
क्योंकि यह एक बहुत ही अजीब आकार का छोटा प्राणी था
and the baby held out its arms and legs in all directions
और बच्चे ने अपने हाथ और पैर सभी दिशाओं में फैला दिए
"I better take this child away with me," thought Alice
"बेहतर होगा कि मैं इस बच्चे को अपने साथ ले जाऊं," एलिस ने सोचा
"they're sure to kill this baby in a day or two"
"वे एक या दो दिन में इस बच्चे को मारने के लिए निश्चित हैं"
"Wouldn't it be murder to leave this baby behind?"
"क्या इस बच्चे को पीछे छोड़ना हत्या नहीं होगी?"
She said the last words out loud
उसने आखिरी शब्द जोर से कहे
and the little thing grunted in reply
और छोटी सी बात जवाब में बड़बड़ाई
"you best not turn into a pig, my dear," said Alice

"आप सबसे अच्छा एक सुअर में नहीं बदल जाते हैं, मेरे प्रिय," एलिस ने कहा

"or else I'll have nothing more to do with you"

"वरना मुझे तुमसे और कुछ नहीं लेना होगा"

Alice was just beginning to think to herself:

ऐलिस सिर्फ खुद को सोचने लगी थी:

"Now, what am I to do with this creature, when I get it home?"

"अब, मैं इस प्राणी के साथ क्या करूँ, जब मैं इसे घर ले जाऊँ?"

but then the little creature grunted a little violently

लेकिन फिर छोटे प्राणी ने थोड़ा हिंसक रूप से घुरघुराया

and Alice looked down into its face in some alarm

और अलाइस ने कुछ अलार्म में उसके चेहरे को देखा

This time there could be no mistake about it

इस बार इसमें कोई गलती नहीं हो सकती

it was neither more nor less than a pig

यह न तो सुअर से ज्यादा था और न ही कम

so she set the little creature down

इसलिए उसने छोटे जीव को नीचे रख दिया

and the little creature trot away quietly into the wood

और छोटा प्राणी चुपचाप जंगल में चला गया

Alice felt quite relieved to see the creature go

प्राणी को जाते हुए देखकर ऐलिस को काफी राहत महसूस हुई

Alice was a little startled by seeing the Cheshire-Cat

चेशायर-कैट को देखकर एलिस थोड़ा चौंक गई

it was sitting on a bough of a tree a few yards off

यह कुछ गज की दूरी पर एक पेड़ की टहनी पर बैठा था

The cat only grinned when it saw her

बिल्ली उसे देखते ही मुस्करा दी

"Cheshire-cat," began Alice, rather timidly

"चेशायर-बिल्ली," अलाइस ने शुरू किया, बल्कि डरपोक

"would you please tell me which way I ought to go from here?"

"क्या आप कृपया मुझे बताएंगे कि मुझे यहाँ से किस रास्ते से जाना चाहिए?

"In that direction," the cat said

"उस दिशा में," बिल्ली ने कहा

and it waved the right paw around

और इसने दाहिना पंजा इधर-उधर लहराया

"In that direction lives a maker of hats"

"उस दिशा में टोपी का एक निर्माता रहता है"

and then the cat waved its other paw

और फिर बिल्ली ने अपना दूसरा पंजा लहराया

"and in that direction lives a march hare"

"और उस दिशा में एक मार्च खरगोश रहता है"

"Visit either you like; they're both mad"

"या तो आप की तरह पर जाएँ; वे दोनों पागल हैं "

"But I don't want to go among mad people," Alice remarked

"लेकिन मैं पागल लोगों के बीच नहीं जाना चाहता," एलिस ने टिप्पणी की

"Oh, you can't help that," said the Cat

"ओह, आप इसकी मदद नहीं कर सकते," बिल्ली ने कहा

"we're all mad here"

"हम सब यहाँ पागल हैं"

"are you playing croquet with the queen today?"

"क्या आप आज रानी के साथ क्रोकेट खेल रहे हैं?"

"I would like to very much," said Alice

"मैं बहुत पसंद करूंगा," एलिस ने कहा

"but I haven't been invited yet"

"लेकिन मुझे अभी तक आमंत्रित नहीं किया गया है"

"You'll see me there," said the Cat

"तुम मुझे वहाँ देखोगे," बिल्ली ने कहा

and from one moment to the next the cat vanished

और एक पल से अगले पल तक बिल्ली गायब हो गई

soon Alice got in sight of the house of the march hare

जल्द ही ऐलिस को मार्च हरे के घर की दृष्टि मिली

this was a very large house

यह एक बहुत बड़ा घर था

so Alice did not want to go near the house

इसलिए ऐलिस घर के पास नहीं जाना चाहती थी

first she had to nibble some more of the left side bit of mushroom

पहले उसे मशरूम के बाईं ओर के बिट में से कुछ और कुतरना पड़ा

a mad tea-party

एक पागल चाय-पार्टी

In front of the house there was a tree

घर के सामने एक पेड़ था

and under the tree there was a table

और पेड़ के नीचे एक मेज थी

and the table was set with all sorts of cutlery

और टेबल को सभी प्रकार के कटलरी के साथ सेट किया गया था

the march hare and the hat maker were at the table

मार्च हरे और टोपी निर्माता मेज पर थे

and together they were having tea

और साथ में चाय पी रहे थे

a dormouse was sitting between them

उनके बीच एक डोरमाउस बैठा था

and the dormouse was fast asleep

और डोरमाउस गहरी नींद में सो रहा था

The table was of extraordinary size

टेबल असाधारण आकार की थी

but most of the table was unoccupied

लेकिन मेज का अधिकांश हिस्सा खाली था

they sat crowded together at one corner of the table

वे मेज के एक कोने में एक साथ बैठे थे

and yet they made excuses when they saw Alice

और फिर भी उन्होंने ऐलिस को देखते ही बहाने बना दिए

"No room! No room!" they cried out

"कोई कमरा नहीं! कोई कमरा नहीं!" वे चिल्लाए

"There's plenty of room!" said Alice indignantly

"बहुत जगह है!" अलाइस ने गुस्से में कहा

at one end of the table there was a large arm-chair

मेज के एक छोर पर एक बड़ी आर्म-चेयर थी

and Alice sat herself in the armchair

और एलिस खुद कुर्सी पर बैठ गई

the hat maker opened his eyes very wide

टोपी बनाने वाले ने अपनी आँखें बहुत चौड़ी खोलीं

he couldn't believe what he was seeing

वह विश्वास नहीं कर सकता था कि वह क्या देख रहा था

but his mind was curious about other things

लेकिन उसका मन अन्य चीजों के बारे में उत्सुक था

"Why is a raven like a writing-desk?"

"एक रैवेन एक लेखन-डेस्क की तरह क्यों है?"

Alice was open to the challenge

ऐलिस चुनौती के लिए खुला था

"I'm glad they've begun asking riddles"

"मुझे खुशी है कि उन्होंने पहेलियों से पूछना शुरू कर दिया है"

"I believe I can guess that," she added aloud

"मुझे विश्वास है कि मैं अनुमान लगा सकता हूं," उसने जोर से जोड़ा

The march hare grew curious about Alice

मार्च खरगोश ऐलिस के बारे में उत्सुक हो गया

"Do you really think you can find the answer?"

"क्या आपको सच में लगता है कि आप जवाब पा सकते हैं?

"I think I can find the answer indeed," said Alice

"मुझे लगता है कि मुझे वास्तव में जवाब मिल सकता है," एलिस ने कहा

"Then you should say what you mean," the march hare went on

"तो फिर आपको कहना चाहिए कि आपका क्या मतलब है," मार्च हरे चला गया

"I do say what I mean," Alice hastily replied

"मैं कहता हूं कि मेरा क्या मतलब है," एलिस ने जल्दबाजी में जवाब दिया

"at the very least I mean what I say"

"कम से कम मेरा मतलब है कि मैं क्या कहता हूं"

"that's the same thing, you know"

"यह वही बात है, आप जानते हैं"

the dormouse also contributed to the conversation

डोरमाउस ने भी बातचीत में योगदान दिया

but the dormouse seemed to be talking in its sleep

लेकिन डोरमाउस अपनी नींद में बात कर रहा था

"I breathe when I sleep"

"जब मैं सोता हूं तो मैं सांस लेता हूं"

"I sleep when I breathe!"

"जब मैं सांस लेता हूं तो मैं सोता हूं!"

"you might as well say they are the same too"

"आप यह भी कह सकते हैं कि वे भी वही हैं"

"It is the same thing with you," said the hat maker

"आपके साथ भी ऐसा ही है," टोपी बनाने वाले ने कहा

and he poured a little tea on the dormouse's nose

और उसने डोरमाउस की नाक पर थोड़ी सी चाय डाली

The Dormouse shook its head impatiently

डोरमाउस ने अधीरता से अपना सिर हिला दिया

and again the dormouse spoke, without opening its eyes

और फिर से डोरमाउस ने अपनी आँखें खोले बिना बात की

"Of course, of course it is the same"

"बेशक, निश्चित रूप से यह वही है"

"that's just what I was going to say myself"

"बस यही मैं खुद कहने जा रहा था"

The hat maker turned to Alice and asked another question
टोपी निर्माता ऐलिस की ओर मुड़ा और एक और सवाल पूछा

"Have you guessed the riddle yet?"
"क्या आपने अभी तक पहेली का अनुमान लगाया है?"

"No, I give up," Alice conceded
"नहीं, मैं हार मानता हूं," ऐलिस ने स्वीकार किया

"What's the answer?" she wanted to know
"जवाब क्या है?" उसने जानना चाहा

"I haven't the slightest idea," said the hat maker
"मुझे जरा भी अंदाजा नहीं है," टोपी बनाने वाले ने कहा

"Nor do I know," said the march hare
"न ही मुझे पता है," मार्च खरगोश ने कहा

Alice gave a weary sigh
अलाइस ने एक थकी हुई आह भरी

"there are better uses of time than riddles without answers"
"बिना जवाब के पहेलियों की तुलना में समय का बेहतर उपयोग होता है"

"have some more tea," the march hare said to Alice, very earnestly
"कुछ और चाय लो," मार्च खरगोश ने एलिस से कहा, बहुत

ईमानदारी से
Alice was quite offended by the offer
ऐलिस प्रस्ताव से काफी नाराज थी
"I've had not had tea yet," Alice replied
"मैंने अभी तक चाय नहीं पी है," अलाइस ने जवाब दिया
"therefore I can't have any more tea"
"इसलिए मैं और चाय नहीं पी सकता"
"You mean you can't have less tea," said the hat maker
"तुम्हारा मतलब है कि तुम कम चाय नहीं पी सकते," टोपी बनाने वाले ने कहा
"it's very easy to take more than nothing"
"कुछ भी नहीं से अधिक लेना बहुत आसान है"
At this, Alice got up and walked off
इस पर, एलिस उठी और चली गई
The dormouse fell asleep instantly
डोरमाउस तुरंत सो गया
and neither of the others took the least notice of her going
और दूसरों में से किसी ने भी उसके जाने की कम से कम सूचना नहीं ली
though she looked back once or twice
हालांकि उसने एक-दो बार पीछे मुड़कर देखा
they were trying to put the dormouse into the tea-pot
वे डोरमाउस को चाय-पॉट में डालने की कोशिश कर रहे थे
"At any rate, I'll never go there again!" said Alice
"किसी भी दर पर, मैं फिर कभी वहां नहीं जाऊंगा!" एलिस ने कहा
and she walked her way through the woods
और वह जंगल के माध्यम से अपना रास्ता चला गया
"that was the stupidest tea-party I've ever been to"
"यह सबसे बेवकूफ चाय-पार्टी थी जो मैंने कभी की है"
Just as she said this, she noticed something

जैसे ही उसने यह कहा, उसने कुछ देखा

one of the trees had a door leading right into it

पेड़ों में से एक में एक दरवाजा था जो सीधे अंदर जाता था

"That's very interesting!" she thought

"यह बहुत दिलचस्प है!" उसने सोचा

"I think I may as well go through the door"

"मुझे लगता है कि मैं दरवाजे के माध्यम से भी जा सकता हूं"

And through the door she went

और दरवाजे के माध्यम से वह चला गया

Once more she found herself in the long hall

एक बार फिर उसने खुद को लंबे हॉल में पाया

again she was close to the little glass table

फिर से वह छोटी कांच की मेज के करीब थी

she took the little golden key

उसने छोटी सुनहरी चाबी ली

and she unlocked the door that led into the garden

और उसने उस दरवाजे को खोल दिया जो बगीचे में जाता था

Then she set to work nibbling at the mushroom

फिर वह मशरूम पर कुतरने का काम करने के लिए तैयार हो गई

she had kept a piece of the mushroom in her pocket

उसने मशरूम का एक टुकड़ा अपनी जेब में रखा था

and finally she was about a metre tall

और अंत में वह लगभग एक मीटर लंबी थी

then she walked down the little corridor

फिर वह छोटे गलियारे से नीचे चली गई

and then she finally found herself in the beautiful garden

और फिर उसने आखिरकार खुद को सुंदर बगीचे में पाया

and she was among the bright flower and the cool fountains

और वह चमकीले फूल और ठंडे फव्वारे के बीच थी

The queen's croquet ground
रानी का क्रोकेट ग्राउंड

A large rose-tree stood near the entrance of the garden
बगीचे के प्रवेश द्वार के पास एक बड़ा गुलाब का पेड़ खड़ा था
the roses growing on the tree were white
पेड़ पर उगने वाले गुलाब सफेद थे
but there were three gardeners painting the rose
लेकिन गुलाब को पेंट करने वाले तीन माली थे
they were busily painting the roses red
वे व्यस्त रूप से गुलाबों को लाल रंग से रंग रहे थे
and Alice was watching them paint the roses red
और एलिस उन्हें गुलाब लाल रंग में रंगते हुए देख रही थी
and suddenly their eyes chanced to fall upon Alice
और अचानक उनकी आँखें ऐलिस पर पड़ने का मौका
Alice spoke a little timidly
" अलाइस थोड़ा डरपोक होकर बोली
"Would you tell me, please;"
"क्या आप मुझे बताएंगे, कृपया;"
"why are you all painting those roses?"
"आप सभी उन गुलाबों को क्यों चित्रित कर रहे हैं?
five and seven said nothing, but looked at two
पांच और सात ने कुछ नहीं कहा, लेकिन दो को देखा
two spoke, in a low voice
दो बोले, धीमी आवाज में
"Why, the fact is, you see, madam"
"क्यों, तथ्य यह है, आप देखते हैं, महोदया"
"this here ought to have been a red rose-tree"
"यह यहाँ एक लाल गुलाब का पेड़ होना चाहिए था"
"and we put a white rose-tree in by mistake"
"और हमने गलती से एक सफेद गुलाब का पेड़ डाल दिया"
"as you would agree, the queen must not find out"

"जैसा कि आप सहमत होंगे, रानी को पता नहीं लगाना चाहिए"

"else we would all have our heads cut off"

"वरना हम सब के सिर काट दिए जाते"

"So you see, madam, we're doing our best"

"तो आप देखते हैं, मैडम, हम अपनी पूरी कोशिश कर रहे हैं"

card five had been anxiously looking across the garden

कार्ड फाइव उत्सुकता से बगीचे में देख रहा था

At this moment card five called out, "The queen! The queen!"

इतने में पाँच ने पुकारा, "रानी! रानी!"

and the three gardeners instantly scurried away

और तीनों माली तुरंत भाग गए

and they threw themselves flat upon their faces

और उन्होंने अपने आप को अपने चेहरे पर सपाट फेंक दिया

There was a sound of many footsteps

कई कदमों की आवाज आ रही थी

Alice looked around, eager to see the queen

एलिस ने चारों ओर देखा, रानी को देखने के लिए उत्सुक थी

At the start of the procession were ten soldiers

जुलूस की शुरुआत में दस सैनिक थे

their hands and feet were in the corners

उनके हाथ-पैर कोनों में थे

and in their hands and feet were clubs

और उनके हाथों और पैरों में क्लब थे

next came the ten courtiers

इसके बाद दस दरबारी आए

the courtiers were ornamented all over with diamonds

दरबारियों को चारों ओर हीरों से अलंकृत किया गया था

After the courtiers came the royal children

दरबारियों के आने के बाद शाही बच्चे आए

there were ten of the royal children

शाही बच्चों में से दस थे

and all the royal children were ornamented with hearts

और सभी शाही बच्चे दिलों से अलंकृत थे

Next came the guests; mostly kings and queens

इसके बाद मेहमान आए; ज्यादातर राजा और रानी

and among the kings and queen Alice saw someone

और राजाओं और रानी के बीच एलिस ने किसी को देखा

she saw again the white rabbit she had chased

उसने फिर से उस सफेद खरगोश को देखा जिसका उसने पीछा

किया था

The procession was followed the knave of hearts

बारात के पीछे-पीछे दिलों की नोक बज रही थी

he was carrying the king's crown

वह राजा का मुकुट ले जा रहा था

and the king's crown was on a crimson velvet cushion

और राजा का मुकुट लाल रंग के मखमल के कुशन पर था

and then came the end of this grand procession

और फिर इस भव्य जुलूस का अंत हुआ

and there at the end were the king and queen of hearts

और अंत में दिलों के राजा और रानी थे

the procession came opposite to Alice

जुलूस ऐलिस के सामने आया

and they all stopped and looked at her

और वे सब रुक गए और उसे देखा

and the queen said severely, "Who is this?"

और रानी ने कठोर स्वर में कहा, "यह कौन है?"

She said it to the Knave of Hearts

उसने दिल की गुच्छा से कहा

but he just bowed and smiled in reply

लेकिन वह जवाब में सिर्फ झुके और मुस्कुराए

Alice spoke very politely
" अलाइस ने बहुत विनम्रता से बात की
"My name is Alice, so please your majesty"
"मेरा नाम ऐलिस है, इसलिए कृपया महामहिम"
but she had other thoughts to herself
लेकिन उसके मन में कुछ और ही विचार थे
"they're only a pack of cards, after all!"
"वे केवल ताश के पत्तों का एक पैकेट हैं, आखिरकार!"
"Can you play croquet?" shouted the queen
"क्या आप क्रोकेट खेल सकते हैं?" रानी चिल्लाई
The question was evidently meant for Alice
सवाल स्पष्ट रूप से ऐलिस के लिए था
"Yes!" said Alice loudly
"हाँ!" अलाइस ने जोर से कहा
"Come play then!" roared the queen
"आओ तो खेलो!" रानी गरजी
a timid voice spoke to Alice
एक डरपोक आवाज ने एलिस से बात की
"it's a very fine day!"
"यह एक बहुत अच्छा दिन है!"
She was walking by the white rabbit
वह सफेद खरगोश के पास से गुजर रही थी
and the White Rabbit was peeping anxiously into her face
और सफेद खरगोश उत्सुकता से उसके चेहरे में झांक रहा था
"a very fine day indeed," confirmed Alice
"वास्तव में एक बहुत अच्छा दिन," एलिस ने पुष्टि की
"Where's the duchess?"
"डचेस कहाँ है?"
"Hush! Hush!" said the Rabbit
"हश! चुप रहो!" खरगोश ने कहा
"She's under sentence of execution"

"वह फांसी की सजा के तहत है"

"What is she being executed for?" asked Alice

"उसे किस लिए मार डाला जा रहा है?" एलिस ने पूछा

"She scuffed the queen's ears," the rabbit began

"उसने रानी के कान खंगाले," खरगोश ने शुरू किया

the queen shouted in a voice of thunder

रानी गरज की आवाज में चिल्लाई

"Get to your places!"

"अपनी जगह पर जाओ!"

and people began running about in all directions

और लोग चारों दिशाओं में इधर-उधर भागने लगे

and they all tumbled up against each other

और वे सब एक दूसरे से टकरा गए

However, they got settled down in a minute or two

हालांकि, वे एक या दो मिनट में शांत हो गए

and then the game began

और फिर खेल शुरू हुआ

Alice had never seen such a curious croquet ground

ऐलिस ने ऐसा जिज्ञासु क्रोकेट ग्राउंड कभी नहीं देखा था

the grass was all ridges and furrows

घास सभी लकीरें और खांचे थे

The croquet balls were real hedgehogs

क्रोकेट गेंदें असली हेजहोग थीं

and the mallets were real flamingos

और मैलेट असली राजहंस थे

and the soldiers stood on their hands and feet

और सैनिक अपने हाथ-पैरों पर खड़े हो गए

because the arches was made from their bodies

क्योंकि मेहराब उनके शरीर से बनाया गया था

The players all played at once

सभी खिलाड़ी एक साथ खेले

nobody waited for their turns

किसी ने अपनी बारी का इंतजार नहीं किया

and everyone quarrelled with everyone

और सभी ने सभी के साथ झगड़ा किया

and all were fighting for the hedgehogs

और सभी हेजहोग के लिए लड़ रहे थे

soon the queen was in a furious passion

जल्द ही रानी एक उग्र जुनून में थी

and she started stamping about and shouting

और वो इधर-उधर मुहर लगाने लगी और चिल्लाने लगी

"Chop off his head!"

"उसका सिर काट दो!"

"Chop off her head!"

"उसका सिर काट दो!"

"Chop all their heads off!"

"उनके सभी सिर काट दो!"

Again Alice thought to herself

फिर से अलाइस ने मन ही मन सोचा

"They're dreadfully fond of beheading people here"

"वे यहां लोगों का सिर कलम करने के भयानक शौकीन हैं"

"the great wonder is that there's anyone left alive!"

"बड़ा आश्चर्य यह है कि कोई भी जीवित बचा है!"

She was looking about for some way of escape

वह बचने का कोई रास्ता तलाश रही थी

she noticed a curious appearance in the air

उसने हवा में एक जिज्ञासु उपस्थिति देखी

"It's the Cheshire-cat," she said to herself

"यह चेशायर-बिल्ली है," उसने खुद से कहा

"now I shall have somebody to talk to"

"अब मेरे पास बात करने के लिए कोई होगा"

"How are you getting on?" said the cat

"आप कैसे चल रहे हैं?" बिल्ली ने कहा

"I don't think they play at all fairly," Alice said

"मुझे नहीं लगता कि वे बिल्कुल भी निष्पक्ष रूप से खेलते हैं," एलिस ने कहा

and she had a rather complaining tone

और उसके पास एक शिकायत करने वाला स्वर था

"they all quarrel so dreadfully"

"वे सभी बहुत भयानक रूप से झगड़ते हैं"

"one can't hear oneself speak"

"कोई खुद को बोलते हुए नहीं सुन सकता"

"and they don't seem to play by any rules"

"और वे किसी भी नियम से नहीं खेलते हैं"

the cat asked Alice a question in a low voice

बिल्ली ने एलिस से धीमी आवाज में एक सवाल पूछा

"How do you like the queen?"

"आपको रानी कैसी लगी?

"I don't like her at all," said Alice

"मैं उसे बिल्कुल पसंद नहीं करता," एलिस ने कहा

Alice thought she might as well go back

एलिस ने सोचा कि वह भी वापस जा सकती है

she wanted to see how the game was going

वह देखना चाहती थी कि खेल कैसा चल रहा है

she went off in search of her hedgehog

वह अपने हाथी की तलाश में निकल गई

The hedgehog was busy fighting another hedgehog

हेजहोग एक और हेजहोग से लड़ने में व्यस्त था

this was an excellent opportunity

यह एक उत्कृष्ट अवसर था

she could croquet one hedgehog with the other

वह एक हेजहोग को दूसरे के साथ क्रोकेट कर सकती थी

but her flamingo was on the other side of the garden

लेकिन उसका राजहंस बगीचे के दूसरी तरफ था

the flamingo was rather clumsy

राजहंस बल्कि अनाड़ी था

her flamingo was trying to fly up into a tree

उसका राजहंस एक पेड़ में उड़ने की कोशिश कर रहा था

She caught the flamingo by the leg

उसने राजहंस को पैर से पकड़ लिया

and she tucked the flamingo away under her arm

और उसने राजहंस को अपनी बांह के नीचे दबा लिया

that way the flamingo couldn't escape again

इस तरह राजहंस फिर से बच नहीं सका

Just then Alice happened to meet the duchess

तभी ऐलिस डचेस से मिलने के लिए हुआ

The duchess was now out of prison

डचेस अब जेल से बाहर था

She tucked her arm affectionately under Alice's arm

उसने एलिस की बांह के नीचे प्यार से अपना हाथ दबा दिया

and then they walked off together
और फिर वे एक साथ चले गए
Alice was very glad to find her in such a pleasant temper
ऐलिस उसे इस तरह के सुखद स्वभाव में पाकर बहुत खुश थी
She was a little startled, however
हालांकि, वह थोड़ा चौंकी थी
she heard the voice of the duchess close to her ear
उसने अपने कान के पास डचेस की आवाज सुनी
"You're thinking about something, my dear"
"आप कुछ सोच रहे हैं, मेरे प्यारे"
"and that makes you forget to talk"
"और इससे आप बात करना भूल जाते हैं"
"The game's going on rather better now," Alice said
"खेल अब बेहतर चल रहा है," एलिस ने कहा
it was one way of keeping the conversation going
यह बातचीत को जारी रखने का एक तरीका था
"it is so indeed," said the duchess
"यह वास्तव में ऐसा है," डचेस ने कहा
"and the moral of that is this:"
"और इसका नैतिक यह है:"
"It is love that does it all!"
"यह प्यार है जो यह सब करता है!
"Love is what makes the world go around"
"प्यार वह है जो दुनिया को चारों ओर घुमाता है।
Alice had another explanation
ऐलिस के पास एक और स्पष्टीकरण था
"it's done by everybody minding his own business!"
"यह हर किसी द्वारा अपने स्वयं के व्यवसाय को ध्यान में
रखते हुए किया जाता है!"
"Ah, well! You could be right"
"आह, ठीक है! आप सही हो सकते हैं"

"It all means much the same thing," said the Duchess
"यह सब एक ही बात का मतलब है," डचेस ने कहा
and she dug her sharp little chin into Alice's shoulder
और उसने अपनी तेज छोटी ठोड़ी को एलिस के कंधे में खोदा
"and the moral of that is this"
"और उस का नैतिक यह है"
"Take care of the sense"
"इंद्रिय का ख्याल रखना"
"and then the sounds will take care of themselves"
"और फिर आवाज़ें खुद का ख्याल रखेंगी"
but then the duchess's arm began to tremble
लेकिन फिर डचेस का हाथ कांपने लगा
Alice looked up and there stood the queen
एलिस ने ऊपर देखा और वहाँ रानी खड़ी थी
the queen had her arms folded
रानी ने अपनी बाहें जोड़ ली थीं
and she was frowning like a thunderstorm!
और वह आंधी की तरह त्योरियां चढ़ा रही थी!
"I give you fair warning," shouted the queen
"मैं आपको उचित चेतावनी देता हूं," रानी चिल्लाई
and she stomped on the ground as she spoke
और बोलते-बोलते वह जमीन पर पटक गई
"either your head or her head must be off"
"या तो आपका सिर या उसका सिर बंद होना चाहिए"
"Take your choice!"
"अपनी पसंद ले लो!"
"and be quick about it"
"और इसके बारे में जल्दी करो"
The duchess made her choice
डचेस ने अपनी पसंद बनाई
and within a moment the duchess was gone

और एक पल के भीतर डचेस चला गया था

Then the queen spoke to Alice

तब रानी ने एलिस से बात की

"Let's go on with the game"

"चलो खेल के साथ चलते हैं"

Alice was too frightened to say a word

ऐलिस एक शब्द कहने के लिए बहुत डर गई थी

and she slowly followed her back to the croquet-ground

और वह धीरे-धीरे क्रोकेट-ग्राउंड में वापस चली गई

the whole time the queen quarrelled with the other players

पूरे समय रानी अन्य खिलाड़ियों के साथ झगड़ती रही

"Chop off his head!"

"उसका सिर काट दो!"

"Chop off her head!"

"उसका सिर काट दो!"

"Chop all their heads off!"

"उनके सभी सिर काट दो!"

soon all the players were in custody

जल्द ही सभी खिलाड़ी हिरासत में थे

only the king, the queen, and Alice remained

केवल राजा, रानी और ऐलिस बने रहे

Then the queen left, quite out of breath

फिर रानी चली गई, सांस से काफी बाहर

and she walked away with Alice

और वह ऐलिस के साथ चली गई

Alice heard the king quietly say something

अलाइस ने राजा को चुपचाप कुछ कहते सुना

"You are all pardoned"

"आप सभी क्षमा कर रहे हैं"

but suddenly there was another cry heard

लेकिन अचानक एक और चीख सुनाई दी

"The trial is beginning!"
"परीक्षण शुरू हो रहा है!"
and Alice ran along with the others
और ऐलिस दूसरों के साथ भाग गई

who stole the tarts?
टार्ट्स किसने चुराए?
The king and queen of hearts were seated
दिलों के राजा और रानी बैठे थे
they were on their throne when Alice arrived
जब ऐलिस पहुंची तो वे अपने सिंहासन पर थे
there was a great crowd assembled around them
उनके चारों ओर भारी भीड़ जमा थी
there were all sorts of little birds and beasts
वहाँ हर तरह के छोटे-छोटे पक्षी और जानवर थे
and there was the whole pack of cards
और ताश के पत्तों का पूरा पैक था
the knave was standing in front of them, in chains
घुंडी उनके सामने जंजीरों में जकड़ी खड़ी थी
and there was a soldier on each side to guard him
और उसकी रक्षा के लिए हर तरफ एक सैनिक था
near the King was the white rabbit
राजा के पास सफेद खरगोश था
he had a trumpet in one hand
उसके एक हाथ में तुरही थी
and he had a scroll of parchment in the other hand
और उसके दूसरे हाथ में चर्मपत्र का एक स्क्रॉल था
In the very middle of the court was a table
कोर्ट के बिल्कुल बीच में एक टेबल थी

on the table was a large dish of tarts

मेज पर तीखे तीखे का एक बड़ा व्यंजन था

"I wish they'd get the trial done," Alice thought

"मेरी इच्छा है कि वे परीक्षण पूरा कर लें," ऐलिस ने सोचा

"then we could eat some of those refreshments!"

"तब हम उन जलपान में से कुछ खा सकते थे!"

The judge, by the way, was the king

न्यायाधीश, वैसे, राजा था

and he wore his crown over his great wig

और उसने अपने महान विग के ऊपर अपना मुकुट पहना था

"That's the jury-box," thought Alice

"यह जूरी-बॉक्स है," एलिस ने सोचा

"and those twelve creatures, I suppose they are the jurors"

"और वे बारह प्राणी, मुझे लगता है कि वे जूरी सदस्य हैं"

some were animals, and some were birds

कुछ जानवर थे, और कुछ पक्षी थे

Just then the white rabbit cried out

तभी सफेद खरगोश चिल्ला उठा
"Silence in the court!"
"अदालत में चुप्पी!"
"Herald, read the accusation!" said the king
"हेराल्ड, आरोप पढ़ो!" राजा ने कहा
the white rabbit blew three blasts on the trumpet
सफेद खरगोश ने तुरही पर तीन धमाके किए
then he unrolled the parchment-scroll
फिर उसने चर्मपत्र-स्क्रॉल को खोल दिया
and he read as follows:
और उन्होंने इस प्रकार पढ़ा:
"The queen of hearts, she made some tarts,"
"दिलों की रानी, उसने कुछ टार्ट्स बनाए,"
"All this she did on a summer day"
"यह सब उसने गर्मी के दिन किया"
"The knave of hearts, he stole those tarts"
"दिलों की घुंघराहट, उसने उन टार्ट्स को चुरा लिया"
"And he took those tarts far away!"
"और वह उन टार्ट्स को बहुत दूर ले गया!"
"Call the first witness," said the king
"पहले गवाह को बुलाओ," राजा ने कहा
and the white rabbit blew three blasts on the trumpet
और सफेद खरगोश ने तुरही पर तीन विस्फोट किए
"bring the first witness!" he called out
"पहले गवाह को लाओ!" उसने पुकारा
The first witness was the hat maker
पहला गवाह टोपी बनाने वाला था
he came in with a teacup in one hand
वह एक हाथ में चाय का प्याला लेकर अंदर आया
and he had a piece of bread and butter in the other hand
और उसके दूसरे हाथ में रोटी और मक्खन का एक टुकड़ा था

"You ought to have finished," said the King

"तुम्हें समाप्त हो जाना चाहिए था," राजा ने कहा

"When did you begin?"

"आपने कब शुरू किया?"

The hat maker looked at the march hare

टोपी बनाने वाले ने मार्च खरगोश की ओर देखा

the march hare had followed him into the court

मार्च खरगोश उसके पीछे-पीछे दरबार में आ गया था

he had walked arm in arm with the dormouse

वह डोरमाउस के साथ हाथ में हाथ चला गया था

"Fourteenth of March, I think it was," he said

"चौदह मार्च, मुझे लगता है कि यह था," उन्होंने कहा

"Give your evidence," said the king

"अपने सबूत दो," राजा ने कहा

"and don't be nervous, or I'll have you executed on the spot"

"और घबराओ मत, या मैं तुम्हें मौके पर ही मार डालूंगा"

This did not seem to encourage the witness at all

यह गवाह को बिल्कुल भी प्रोत्साहित नहीं करता था

he kept shifting from one foot to the other

वह एक पैर से दूसरे पैर पर शिफ्ट होता रहा

and he looked uneasily at the queen

और उसने बेचैनी से रानी की ओर देखा

and, in his confusion, he bit a large piece out of his teacup

और, अपने भ्रम में, उसने अपनी चाय के प्याले से एक बड़ा टुकड़ा काट लिया

really he meant to bite from his bread and butter

वास्तव में वह अपनी रोटी और मक्खन से काटने का मतलब था

Just at this moment Alice felt a very curious sensation

बस इस समय ऐलिस को एक बहुत ही उत्सुक सनसनी महसूस हुई

she was beginning to grow larger again

वह फिर से बड़ी होने लगी थी

The miserable hat maker dropped his teacup

दुखी टोपी निर्माता ने अपनी चाय का प्याला गिरा दिया

and the bread and butter fell to the ground

और रोटी और मक्खन भूमि पर गिर पड़ा

and he went down on one knee

और वह एक घुटने पर बैठ गया

"I'm a poor man, your majesty," he began

"मैं एक गरीब आदमी हूँ, महाराज," उन्होंने शुरू किया

"You're a very poor speaker," said the king

"तुम बहुत गरीब वक्ता हो," राजा ने कहा

"You may go," said the king

"आप जा सकते हैं," राजा ने कहा

and the hat maker hurriedly left the court

और टोपी बनाने वाला जल्दी से अदालत से बाहर चला गया

"Call the next witness!" said the king

"अगले गवाह को बुलाओ!" राजा ने कहा

The next witness was the duchess's cook

अगला गवाह डचेस का रसोइया था

She carried the pepper-box in her hand

उसने काली मिर्च का डिब्बा अपने हाथ में ले रखा था

and the people near the door began sneezing all at once

और दरवाजे के पास के लोग एक ही बार में छींकने लगे

"Give your evidence," said the king

"अपने सबूत दो," राजा ने कहा

"I shall give no evidence," said the cook

"मैं कोई सबूत नहीं दूंगा," रसोइया ने कहा

The king looked anxiously at the white rabbit

राजा ने उत्सुकता से सफेद खरगोश की ओर देखा

and the white rabbit spoke in a quiet voice

और सफेद खरगोश शांत आवाज में बोला
"your majesty must cross-examine this witness"
"महामहिम को इस गवाह से जिरह करनी चाहिए"
"Well, if I must, I must," the king said
"ठीक है, अगर मुझे चाहिए, तो मुझे करना चाहिए," राजा ने
कहा
"What are tarts made of?"
"टार्ट किससे बने होते हैं?"
"tarts are made of pepper, mostly," said the cook
"टार्ट काली मिर्च से बने होते हैं, ज्यादातर," रसोइया ने कहा
For some minutes the whole court was in confusion
कुछ मिनटों के लिए पूरा दरबार असमंजस में रहा
eventually they all settled down again
अंततः वे सभी फिर से बस गए
but by then the cook had disappeared
लेकिन तब तक रसोइया गायब हो चुका था
"Never mind!" said the king
"कोई बात नहीं!" राजा ने कहा
"call to the stand the next witness"
"अगले गवाह को स्टैंड पर बुलाओ"
Alice watched the white rabbit as he fumbled over the list
ऐलिस ने सफेद खरगोश को देखा क्योंकि वह सूची पर
लड़खड़ा रहा था
you can imagine her surprise at what she heard next
आप उसके आश्चर्य की कल्पना कर सकते हैं कि उसने आगे
क्या सुना
at the top of his shrill little voice, he called the name "Alice!"
अपनी तीखी छोटी आवाज़ के शीर्ष पर, उन्होंने "ऐलिस!" नाम
कहा।

Alice's evidence

ऐलिस के सबूत

"Here!" cried Alice

"यहाँ!" अलाइस चिल्लाया

She jumped up in a great hurry

वह बड़ी जल्दी में उछल पड़ी

and she tipped over the jury-box

और उसने जूरी-बॉक्स पर टिप दी

and she knocked over all the jurymen

और उसने सभी जूरीमेन को खटखटाया

and they fell on to the heads of the crowd below

और वे नीचे भीड़ के सिर पर गिर गए

Alice was in great dismay

ऐलिस बहुत निराशा में थी

"Oh, I beg your pardon!" she exclaimed

"ओह, मैं आपसे क्षमा माँगता हूँ!" उसने कहा

"The trial cannot proceed," said the king

"मुकदमा आगे नहीं बढ़ सकता," राजा ने कहा

"the jurymen must get back in their proper places"

"जूरीमैन को अपने उचित स्थानों पर वापस जाना चाहिए"

he repeated the order with great emphasis

उन्होंने आदेश को बड़े जोर से दोहराया

and he looked at Alice sternly

और उसने एलिस को सख्ती से देखा

"What do you know about these events?" the king asked Alice

"आप इन घटनाओं के बारे में क्या जानते हैं?" राजा ने एलिस से पूछा

"I know nothing on the subject," said Alice

"मैं इस विषय पर कुछ नहीं जानता," एलिस ने कहा

The king then read from his book

राजा ने फिर अपनी पुस्तक से पढ़ा
"Rule forty two"
"नियम बयालीस"
"All persons more than a mile high are to leave the court"
"एक मील से अधिक ऊंचे सभी व्यक्तियों को अदालत छोड़ना है"
"I'm not a mile high," said Alice
"मैं एक मील ऊंचा नहीं हूं," एलिस ने कहा
"Nearly two miles high," said the Queen
"लगभग दो मील ऊँचा," रानी ने कहा

"Well, I refuse to go," said Alice
"ठीक है, मैं जाने से इनकार करता हूं," एलिस ने कहा
The king turned pale
राजा पीला पड़ गया
and he shut his note-book hastily
और उसने जल्दी से अपनी नोट-बुक बंद कर दी
"Consider your verdict," he said to the jury

"अपने फैसले पर विचार करें," उन्होंने जूरी से कहा

he spoke in a low, trembling voice

" वह धीमी, कांपती आवाज में बोला

then the white rabbit spoke

तभी सफेद खरगोश बोला

"There's more evidence to come yet"

"अभी और सबूत आने बाकी हैं"

and he jumped up in a great hurry

और वह बड़ी जल्दी में उछल पड़ा

"This paper has just been picked up"

"यह पेपर अभी उठाया गया है"

"It seems to be a letter written by the prisoner"

"यह कैदी द्वारा लिखा गया एक पत्र लगता है"

He unfolded the paper as he spoke

बोलते-बोलते उसने कागज खोल दिया

"It isn't a letter, after all"

"यह एक पत्र नहीं है, सब के बाद"

"what it was was a set of verses"

"यह क्या था छंदों का एक सेट था"

"Please, your majesty," said the knave

"कृपया, महाराज," गुत्थी ने कहा

"I didn't write those verses"

"ये पद मैंने नहीं लिखे"

"and they can't prove that I wrote anything"

"और वे साबित नहीं कर सकते कि मैंने कुछ भी लिखा है"

"there's no name signed at the end"

"अंत में कोई नाम हस्ताक्षरित नहीं है"

the king spoke to the knave

राजा ने गुत्थी से बात की

"You must have meant to cause some mischief"

"आप कुछ शरारत करने के लिए चाहते होंगे"

"else you'd have signed your name like an honest man"
"वरना आप एक ईमानदार आदमी की तरह अपने नाम पर
हस्ताक्षर करते"
There was a general clapping of hands
हाथों की सामान्य ताली बज रही थी
and the king turned to the white rabbit
और राजा सफेद खरगोश की ओर मुड़ा
"Read the verses," he ordered
"छंद पढ़ो," उन्होंने आदेश दिया
There was dead silence in the court
दरबार में सन्नाटा पसरा हुआ था
and the white rabbit read out the verses
और सफेद खरगोश ने छंद पढ़े
They told me you had been to her
उन्होंने मुझे बताया कि आप उसके पास गए थे
And they mentioned me to him
और उन्होंने उससे मेरा जिक्र किया
She gave me a good character
उसने मुझे एक अच्छा किरदार दिया
But she said I could not swim
लेकिन उसने कहा कि मुझे तैरना नहीं आता
He sent them word I had not gone
उसने उन्हें शब्द भेजा कि मैं नहीं गया था
We know it to be true
हम जानते हैं कि यह सच है
If she should push the matter on, what would become of
you?
अगर वह इस मामले को आगे बढ़ाए, तो आपका क्या होगा?
I gave her one, they gave him two
मैंने उसे एक दिया, उन्होंने उसे दो दिए
You gave us three or more

आपने हमें तीन या अधिक दिए हैं

They all returned from him to you

वे सब उसके पास से तुम्हारे पास लौट आए

although they were mine before

हालांकि वे पहले मेरे थे

If I or she should chance to be

अगर मुझे या उसे मौका मिलना चाहिए

If I or she were involved in this affair

अगर मैं या वह इस चक्कर में शामिल थे

He trusts to you to set them free

वह उन्हें मुक्त करने के लिए आप पर भरोसा करता है

Exactly as we were

बिल्कुल वैसे ही जैसे हम थे

My notion was that you had been

मेरी धारणा यह थी कि आप थे

Before she had this fit

इससे पहले कि वह यह फिट था

An obstacle that came between

एक बाधा जो बीच में आई

Him, and ourselves, and it

उसे, और खुद को, और यह

Don't let him know she liked them best

उसे पता न चले कि वह उन्हें सबसे ज्यादा पसंद करती है

For this must for ever be a secret, kept from all the rest

इसके लिए हमेशा के लिए एक रहस्य होना चाहिए, बाकी सभी से रखा जाना चाहिए

This secret must remain a secret between yourself and me

यह रहस्य आपके और मेरे बीच एक रहस्य रहना चाहिए

the king was very impressed

राजा बहुत प्रभावित हुआ

"That's the most important piece of evidence we've heard

yet"

"यह सबूत का सबसे महत्वपूर्ण टुकड़ा है जिसे हमने अभी तक सुना है"

"I don't believe those verses carry an atom of meaning," objected Alice

"मुझे विश्वास नहीं है कि उन छंदों में अर्थ का परमाणु होता है," एलिस ने आपत्ति जताई

the King had his own opinion on the matter

इस मामले में राजा की अपनी राय थी

"If there's no meaning in those words, that saves a world of trouble"

"अगर उन शब्दों में कोई अर्थ नहीं है, तो यह मुसीबत की दुनिया को बचाता है"

"then we needn't try to find the meaning"

"तो फिर हमें अर्थ खोजने की कोशिश करने की आवश्यकता नहीं है"

"Let the jury consider their verdict"

"जूरी को अपने फैसले पर विचार करने दें"

"No, no!" said the queen

"नहीं, नहीं!" रानी ने कहा

"Sentencing first—verdict afterwards"

"सजा पहले-फैसला बाद में"

"Stuff and nonsense!" said Alice loudly

"सामान और बकवास!" अलाइस ने जोर से कहा

"how silly it is to sentence the defendant first!"

"प्रतिवादी को पहले सजा देना कितना मूर्खतापूर्ण है!"

"Hold your tongue!" said the queen, turning purple

"अपनी जीभ पकड़ो!" रानी ने बैंगनी रंग बदलते हुए कहा

"I will not hold my tongue!" said Alice

"मैं अपनी जीभ नहीं पकड़ूंगा!" एलिस ने कहा

the queen shouted at the top of her voice

रानी अपनी आवाज के शीर्ष पर चिल्लाया

"chop off her head!"

"उसका सिर काट दो!"

Nobody made a movement

किसी ने आंदोलन नहीं किया

"Who cares what you say?" said Alice

"कौन परवाह करता है कि आप क्या कहते हैं?" एलिस ने कहा

she had grown to her full size by this time

वह इस समय तक अपने पूर्ण आकार में बढ़ गई थी

"You're nothing but a pack of cards!"

"तुम ताश के पत्तों के अलावा और कुछ नहीं हो!"

At this, all the cards rose up in the air

इस पर सभी पत्ते हवा में उठ खड़े हुए

and all the cards came flying down upon her

और सभी कार्ड उस पर उड़ते हुए आए

she gave a little scream

उसने एक हल्की सी चीख दी

she was half afraid, but also angry

वह आधी डरी हुई थी, लेकिन गुस्से में भी थी

and she tried to fight the cards off of herself

और उसने खुद से कार्ड लड़ने की कोशिश की

and then she found herself lying on the grass bank

और फिर उसने खुद को घास के किनारे पर पड़ा पाया

her head was in the lap of her sister

उसका सिर उसकी बहन की गोद में था

some dead leaves had landed on her face

कुछ मरे हुए पत्ते उसके चेहरे पर उतर आए थे

and her sister was gently brushing the leaves away

और उसकी बहन धीरे से पत्तियों को झाड़ रही थी

"Wake up, Alice dear!" said her sister

"जागो, ऐलिस प्रिय!" उसकी बहन ने कहा

"what a long sleep you've had!"

"कितनी लंबी नींद ली है तुम्हारी!"

"Oh, I've had such a curious dream!" said Alice

"ओह, मैंने ऐसा उत्सुक सपना देखा है!" एलिस ने कहा

And she told her sister all she could remember

और उसने अपनी बहन को वह सब बताया जो वह याद कर सकती थी

all the strange adventures that you have just been reading about

सभी अजीब रोमांच जिनके बारे में आप अभी पढ़ रहे हैं

Alice got up and ran off

एलिस उठी और भाग गई

and she thought, while she ran, about her dream
और उसने सोचा, जबकि वह दौड़ती थी, अपने सपने के बारे में

"what a wonderful dream it had been!"
"क्या एक अद्भुत सपना यह किया गया था!"